Herbert Reinecker

Ich bring die Freude mit

Herbert Reinecker

Ich bring die Freude mit

Liebenswerte Geschichten

Mit Illustrationen von
Almud Kunert

Schneekluth.

Besuchen Sie uns im Internet:
www.schneekluth.de

ISBN 3-7951-1806-9

Ein Unternehmen der Verlagsgruppe Droemer Weltbild
Illustrationen: Almud Kunert
Umschlaggestaltung: ZERO Werbeagentur, München
Gesetzt aus der ACaslon Regular 10,5/13 Punkt
Druck und Bindung: Clausen & Bosse, Leck
Printed in Germany 2002

2 4 5 3 1

Ich bring die Freude mit

Ich finde, von einem gewissen Alter an hat man das Recht, sich zurücklehnen zu dürfen.

Ich bin in dem gewissen Alter, und ich lehne mich zurück.

Und sitze vor einer offenen Schublade.

Eines alten Schreibtisches und meiner Erinnerung.

Man kann zurückliegende Zeiten auf ganz verschiedene Weise beschreiben. Sehr ernsthaft, gleichsam dokumentarisch, mit wissenschaftlicher Strenge, aber auch interpretierend, was das Übliche ist. Auch die nüchternste Darstellung ist ja schon Interpretation. Die Wahrheit einer Zeit – an sich schon ein fragwürdiger Begriff – entschwindet im Laufe der Jahre immer mehr. Die Vergangenheit bietet sich an, offen für jede unzüchtige Handlung. Sie läßt sich geduldig mißbrauchen. Sagte ich geduldig? Nein, mit äußerster Gleichgültigkeit. Man könnte auch sagen, die Vergangenheit interessiert sich nicht für die Gegenwart. Umgekehrt weidet die Gegenwart den Kadaver der Vergangenheit aus, benutzt davon, was sie gebrauchen kann. Möglicherweise, um selber leben und sich entfalten zu können. Womit sie entschuldigt ist.

Das scheint mir eine Vorbemerkung zu sein für eine Unternehmung besonderer Art, die Vergangenheit in kleinen amüsanten Geschichten darzustellen, ohne großen Anspruch. Wenn sich ein gewisser Anspruch dennoch bemerkbar machen sollte, sehen Sie es mir nach. Sinn und Unsinn einer Zeit sind ineinander gewoben, das eine ist nicht vom anderen zu trennen, so daß selbst das Unbedeutende plötzlich Bedeutung bekommt, nicht einmal vom Autor geschaffen, sondern von der Fantasie des Lesers, der vom Gebotenen nimmt, was er gebrauchen kann, um sich zurechtzufinden in der Gegenwart, in der er sich seinen eigenen erträglichen Weg sucht, was schwierig genug ist.

Lassen Sie es mich also versuchen: eine kleine Weltbeschreibung der äußeren und der inneren Welt, kleine Geschichten über Land und Leute, Spaß und Ernst gemischt und zuweilen möglicherweise von tieferer Bedeutung.

Sie haben doch nicht Ihr Lächeln verloren?

Ich komme zu einem Arzt.

Der Arzt steht auf, begrüßt mich, trägt ein, in welcher Kasse ich bin, und fragt dann schließlich: »Was fehlt Ihnen?«

Ich weiß natürlich, daß es etwas ganz Ausgefallenes ist, was ich ihm mitteilen werde, nehme allen Mut zusammen und sage: »Ich kann nicht mehr lächeln.«

»Wie bitte?« fragt er verdutzt.

Ich habe es gewußt. Ich war darauf gefaßt, daß er mich sonderbar ansehen würde, und ich erkläre ihm, was ich meine: »Ich habe mein Lächeln verloren. Weiter nichts. Ich habe es allerdings erst vor kurzem bemerkt. Es ist mir zunächst gar nicht aufgefallen. Verstehen Sie: Lachen kann ich noch, lauthals. Auch grinsen, wie man so sagt, aber richtig von Herzen lächeln – das kann ich nicht mehr.«

»Hm«, meint er etwas unwirsch, »das Lächeln ist eine Zwischenstufe zwischen dem Gelächter und dem Schmunzeln –«

»Falsch«, sage ich, »glauben Sie nicht, daß ich mir das nicht schon alles selbst gesagt habe. Das Lächeln ist etwas anderes.«

»Sprechen Sie weiter«, fordert er mich auf.

»Das Lächeln –«, setze ich also fort, »ist etwas ganz anderes. Es muß aus dem Herzen kommen, es kommt ohne

Anstrengung, lautlos und wie von selbst. Es ist plötzlich da und stellt einen unerhörten Einklang dar zwischen dem Menschen und dem Leben. Lächeln sind nichtgesagte Worte. Wo Worte versagen, da kann man immer noch lächeln.«

»Hm«, sagt mein Arzt wieder, »sehr schön und vielleicht auch wahr.«

»Gewiß wahr«, sage ich. »Wer Angst hat, lächelt nicht. Auch Nervöse und Unruhige lächeln nicht, nicht die Aufgeregten, nicht die Unglücklichen –«

»Wann«, unterbricht mich der Arzt, »verloren Sie Ihr Lächeln?«

Ich zucke die Schultern. »Ich weiß es nicht. Ich verlor es ganz unbemerkt.«

»Wie kann ich Ihnen helfen?«, sagt mein Arzt und starrt mich an.

Er steht plötzlich auf und murmelt: »Jetzt, wo Sie das sagen, fällt mir etwas auf: Ich lächle auch nicht mehr.«

»Wie?« sage ich. »Sie auch nicht mehr?«

Er schüttelt den Kopf. »Es ist merkwürdig. Natürlich bin ich ab und zu lustig. Fidel, wie man so sagt, aber – lächeln kann ich auch nicht.«

Wir starren uns an.

»Und Sie kommen zu mir?« fragt er verwundert.

»Ja«, sage ich, »ich wollte nichts unversucht lassen.«

»Es kommen sehr viele Leute zu mir in die Sprechstunde«, meint er, »sie haben alles mögliche, und ich gebe ihnen Tropfen und wer weiß was alles. Sie sind der erste, der mit so einer Sache kommt.«

»Ich weiß.«

»Obwohl –«, fährt er fort, »sie alle damit kommen müßten, denn sie lächeln alle nicht mehr.«

»Wie«, frage ich, »alle?«

»Alle«, wiederholt er, »das Lächeln muß sich allgemein verloren haben. Wenigstens jene Art von Lächeln, die Sie meinen.«

»Ich habe nicht darauf geachtet«, sage ich, »ich meine das wundervolle fröhliche, unbefangene Lächeln –«

Er zuckt die Schultern. »Ich kann Ihnen nicht helfen. In dieser Sache kann ich niemandem helfen. Mir selbst nicht. Aber –«, fährt er fort und beginnt, nachdenklich seine Brille zu putzen, »ich denke, es müßte die wichtigste Sache der Welt sein, dieses Lächeln wiederzufinden.«

Der gestohlene Krieg

Graf Boris Schuwaloff, einer der eleganten Gardehauptleute und Kuriere des Zaren, raste durch das Land. Er ritt im Auftrag Nikolaus I. nach Süden zu den Armeen, und in seiner prachtvollen Ledertasche aus echtem Juchten befand sich ein Handschreiben mit allerhöchsten Kriegsbefehlen gegen die Türkei und umliegende Provinzen. Boris wechselte die Pferde wie durchgeschwitzte Hemden und preschte im steten Galopp über die russischen Landstraßen. Und wenn die Bauern ihn geduckt auf seinem Pferde vorüberrasen sahen, bekreuzigten sie sich, denn niemand anderes als der Satan mochte es so eilig haben. Na ja, und eben Leute mit Kriegserklärungen.

Acht Tage ritt Graf Boris schon. Die Müdigkeit saß ihm in allen Gliedern, aber er hatte – wie es so heißt – keine Zeit, müde zu sein.

In der Gegend von Kiew passierte es dann: Boris überritt in vollem Galopp ein junges Mädchen, Dunja Iwanowna, die aus einem Wald kam, wo sie Pilze gesammelt hatte. Boris fluchte wie auf dem Kasernenhof und machte Anstalten, weiterzureiten, denn er ritt für den Zaren und nicht für die UFA, ganz abgesehen davon, daß der Krimkrieg pünktlich beginnen mußte. Aber nach hundert Metern tat ihm diese Rücksichtslosigkeit leid, denn er war einer der höflichsten Offiziere seines prunkvollen Regiments. Der Krimkrieg kehrte also um, und Boris stieg ab und sah nach dem Mädchen, das betäubt auf der Erde lag. Nun war Dunja Iwanowna ein ungewöhnlich schönes Mädchen, und die Hilflosigkeit machte sie engelsgleich. Ihre Augenlider schlugen wie die Flügel von ganz sanften Schmetterlingen. Sie sah Boris träumend an. Sie war einfach wundervoll.

Boris entschuldigte sich mit dem Krimkrieg, half ihr, die Pilze in das Körbchen zu sammeln, sprang schließlich auf sein Pferd und jagte weiter. Er hatte Zeit versäumt, und Kriege haben es, wie man weiß, besonders eilig. Eine halbe Stunde ritt Graf Boris in gestrecktem Galopp und stoppte dann ganz plötzlich mißmutig. Hatte er nicht bemerkt, daß Dunja Iwanowna hinkte? Ihr Bein war verletzt, und sie würde vielleicht nicht gehen können. Kurz: Graf Boris wandte fluchend sein Pferd, und wieder raste der Krimkrieg zurück.

In der Tat bewegte sich Dunja Iwanowna bejammernswert langsam über die Straße, und Boris setzte sie zu sich aufs Pferd. Er hielt sie umfaßt, und die erste wundervolle Ahnung wurde zur Gewißheit: Im ganzen großrussischen Reich gab es kein Mädchen wie Dunja Iwanowna. Boris brachte sie in die Hütte ihres Vaters, und da es mittlerweile Nacht geworden war, schlief er dort. Er hängte die Zarentasche an einen Haken und atmete die gleiche Luft wie Dunja, die Wunderbare. Gegen Morgen machte sich Boris wieder reisefertig, nahm die Kriegserklärung vom Nagel und raste los.

Zwei Tage ritt Graf Schuwaloff, um den Krieg endlich anfangen zu lassen. Aber unterwegs plagte ihn die Besorgnis um Dunja Iwanowna. Würde sie genügend Rücksicht auf sich nehmen? Man kennt doch diese Bauern! War es nicht nötig, ihr zu sagen, was sie tun müsse, damit ihr die herrlichen, geraden Beine erhalten blieben? Boris ritt zurück. Der Krimkrieg konnte noch nicht stattfinden. Er hing sozusagen an den Beinen Dunja Iwanownas. Und fand Boris Dunja nicht tatsächlich im Garten bei der Arbeit? Er nahm sich drei Tage Zeit, sie wie ein Arzt zu behandeln, und machte sich erst am Morgen des vierten Tages wieder auf den Weg.

Aber sehen Sie: Dieses Hin und Her hält ja der gesündeste Krieg nicht aus. Ganz zu schweigen vom Grafen Schuwaloff. Er war derartig müde und erschöpft, daß er am Abend des gleichen Tages im Straßengraben nächtigte.

Dort fanden ihn spät nachts drei Landstreicher. Sie machten sich über ihn her und beraubten den Schlafenden, der so wenig wie ein Toter davon bemerkte. Die Rubel Schuwaloffs vertranken sie im nächsten Dorf. Die Kriegserklärung gaben sie in Zahlung. Aber der Wirt konnte so wenig lesen wie sie selber. Er nahm mißvergnügt das Papier entgegen und gestattete später seinen Kindern, damit zu spielen.

Aber man stelle sich den Grafen Schuwaloff vor. Er wachte auf – und der Krimkrieg war gestohlen. Er wollte sich erschießen, dann ertränken und schließlich aufhängen, aber letzten Endes dachte er doch: Zum Teufel mit dem Krimkrieg! Er ging zu Dunja Iwanowna zurück, heiratete sie und hatte Kinder mit ihr. Er wollte nie mehr zurück nach Moskau, weil er einfach zu glücklich war. Der Krieg mit der Türkei fand nicht statt. Jedenfalls nicht damals, als Boris ritt. Natürlich mußte die Weltgeschichte ihren Krimkrieg haben. Und sie bekam ihn auch. Aber damals fand er eben nicht statt.

Sehen Sie, und nun denke ich die ganze Zeit: Wenn dieses Beispiel Schule gemacht hätte? Man stelle sich vor: Jedem Kurier mit Kriegserklärungen hätte sich ein Mädchen in den Weg gestellt mit Taubenaugen und ganz sanftem Herzen und – na ja, mit verführerischen Beinen. Und Kinder würden schließlich mit Kriegserklärungen spielen, die ganz leicht zu stehlen sind. Und Kriege fänden aus solchem Grunde einfach nicht statt!

Ich weiß, daß ich dieses Beispiel zu spät berichte. Denn seitdem man Funk und Telefon und was weiß ich alles kennt, geht das natürlich nicht mehr mit den Kriegserklärungen. Ganz abgesehen davon, daß man sie, um ganz sicherzugehen, teilweise völlig abgeschafft hat.

Aber ich berichte dies für alle Fälle, denn vielleicht kommt wieder einmal eine Zeit, in der man Kriege auf die alte, primitive Weise erklärt. Daß dann wenigstens unsere Mädchen und Schnapphähne von dieser Möglichkeit erfahren haben!

Nach langer Zeit

Jakob zwängte sich durch den Gang des D-Zug-Wagens und stand plötzlich vor einer Dame, die ihn ganz erschrocken anblickte.

»Jakob«, rief sie überrascht, und beide starrten sich verlegen an.

Jakob stammelte: »Du hier? Das ist ein merkwürdiger Zufall. Bist du allein?«

»Ja«, sagte sie erregt. Merkwürdig, wie ihr Herz dabei schlug und wie sehr es sie aufregte, ihren ehemaligen Mann wiederzusehen. Auch Jakob versuchte, seine Fassung wiederzugewinnen.

»Ich freue mich, dich hier zu treffen«, sagte er mit klopfendem Herzen. Immerhin hatten sie einige Jahre miteinander gelebt, und die Dinge, mit denen sie sich gequält hatten, lagen weit zurück.

»Du siehst gut aus«, stellte er bewundernd fest und zündete sich eine Zigarette an.

»Wirklich?« lächelte sie ungläubig.

»Ja, gut und gesund.«

Ein trostloses Gespräch, dachte er dabei, und er wurde auf einmal sehr traurig.

»Es geht dir also jetzt gut?« Er bemühte sich, seiner Stimme einen festen und munteren Klang zu geben.

»Sehr gut«, sagte sie, »ich wohne in München und war

jetzt drei Wochen in Hamburg. Ich habe in Münden eine Wohnung. Bist du immer noch in Köln?«

»Längst nicht mehr«, erwiderte er, »ich habe eine Stellung in Stuttgart. Es geht mir blendend.«

»Das freut mich«, antwortete sie und lächelte, »wir haben es beide verdient. Wir sind Menschen, Jakob, die zusammen nicht glücklich werden konnten, aber einzeln geht es.«

»Na ja«, meinte er, »in solchen Zeiten ist es sehr schwer. Und du hast recht: Wenn man für sich lebt, kommt man besser vorwärts. Ich will mir jetzt einen Wagen kaufen.«

»Das wolltest du schon immer«, freute sie sich. »Es ist so schön, daß dir alles gelingt. Ich mache demnächst einen Modesalon auf. Ich glaube, er wird gut einschlagen. Wie weit fährst du übrigens?«

»Bis Stuttgart«, antwortete er.

»Das ist schade, ich hätte dir gern meine Wohnung gezeigt.«

Als Jakob in Stuttgart ausstieg, winkte sie ihm vom Fenster aus nach. Jakob holte den Brief aus der Tasche und dachte: »Hoffentlich klappt es jetzt endlich mit der Anstellung«, und Helga stand einsam im Zug, und ihre Gedanken eilten zu ihrer Freundin voraus, die sie eingeladen hatte, bei ihr in München zu wohnen, denn sie hatte kein Geld.

»Schade«, flüsterte Jakob, »es geht ihr zu gut. Nun ist nichts mehr zu machen.«

Und Helga dachte, indem sie sich verstohlen über die Augen fuhr: »Jetzt kann ich mich nicht mehr an ihn hängen. Es geht ihm zu gut.«

Und beide waren sehr niedergeschlagen.

Das gekaufte Mädchen

Diese Geschichte geschah in den Jahren, in denen alles drunter und drüber ging, und die Überschrift ist nicht so unwahrscheinlich, wie sie klingt.

An irgendeiner Zonengrenze, die zu überschreiten nur mit zulässigen Papieren erlaubt war, wurde ein junges Mädchen arretiert, eines jener bedauernswerten Geschöpfe, die weder Heimat noch Anhang hatten.

Man sperrte sie zunächst in eines der kleinen Ortsgefängnisse, die gefüllt waren mit Übeltätern gleicher Art, Männern, Frauen und sogar Kindern, die sehnsüchtig auf den Augenblick warteten, da ihr Fall verhandelt wurde.

Nun geschah dies laufend und sozusagen im Bausch und Bogen. Man führte die Leute schubweise in einen Saal, wo ebenso schubweise die Urteile gefällt wurden, die im wesentlichen auf Abschreckung zielten.

Jeder bekam ein Papier, auf dem die Höhe der Summe vermerkt war, die zu zahlen war. Sie mußte sofort beglichen werden. Unser junges Mädchen jedoch besaß nicht einen Pfennig. In solchen Fällen kannten die Urteilsverkünder allerdings keinen Spaß und verlangten das Absitzen der Strafe, einen Tag pro zehn Mark.

Nun befand sich neben dem Mädchen ein Mann, wegen des gleichen Vergehens verhaftet und verurteilt, der den Schrecken in den Augen des jungen Mädchens wohl erkannte.

Er griff in die Tasche und sagte: »Ich werde Ihnen dieses Geld auslegen. Sie sehen nicht aus, als ob Sie mit Vergnügen in die Zelle zurückgehen möchten.«

Das junge Mädchen nahm sein Angebot mit zitternder Dankbarkeit an, hinterlegte den Betrag und trat dann mit dem Mann in den Tag hinaus, der hell und voller Sonne war.

Sie atmete tief auf und sagte: »Aber ich kann Ihnen das Geld nicht zurückgeben. Ich besitze nichts und sehe auch keine Möglichkeit, etwas zu bekommen.«

Der Mann hob nachdenklich die Schultern. »Es ist nicht so«, gab er zu, »daß ich im Geld schwimme. Ich würde es sehr gern zurückerhalten –«

Die Augen des jungen Mädchens füllten sich mit Tränen, und sie bedauerte schon, nicht den Mut aufgebracht zu haben, die wenigen Tage im Gefängnis zu bleiben, denn nichts schien ihr schlimmer zu sein, als die Gutmütigkeit eines fremden Menschen so in Anspruch zu nehmen. Doch schließlich sagte der Mann: »Ich bin auf dem Weg in meine Heimat. Meine Mutter ist gestorben, und ich weiß nicht, wie ich alles vorfinde. Gehen Sie mit mir. Ich werde einen Haushalt haben und jemanden benötigen. Sie können dieses Geld bei mir verdienen.«

Das junge Mädchen war es zufrieden, und so reisten sie beide in die Stadt, in der der junge Mann zu Hause war.

Er war zwischen dreißig und vierzig, korrekt und etwas farblos, kein schneidiger junger Mann, doch sicher von solidem Charakter. Das junge Mädchen ergriff mit Freude die Möglichkeit, das vorgestreckte Geld abzuarbeiten.

Er lebte allein, bemühte sich um Arbeit und erhielt sie

auch. Das junge Mädchen hatte für den Betrag, den sie ihm schuldete, zwei Monate zu arbeiten.

Sie tat dies treu, pflichteifrig und gründlich, und als die zwei Monate herum waren, wollte sie sich dankbar verabschieden. Doch er sah sie nachdenklich an.

»Sie haben sich dieses Geld ehrlich verdient«, meinte er bedächtig, »aber Sie erinnern sich sicher, daß ich Ihnen zwei Paar Schuhe gab und ein Kleid. Sie besaßen wirklich nichts zum Anziehen. Ich hätte diese Sachen natürlich anderweitig verkaufen können, aber schließlich ist es etwas, das auch Sie sich ehrlich verdienen können.«

Das junge Mädchen mußte ihm recht geben. Sie machte sich Vorwürfe, daß sie nicht selbst daran gedacht hatte, und fragte, wie hoch er die Kleidungsstücke veranschlage.

»Ich meine«, sagte er nachdenklich, »daß wir es bei der alten Summe lassen.«

So arbeitete sie erneut zwei Monate, putzte, kochte, wusch, flickte und tat alles mit Sorgfalt und Geschicklichkeit.

Als die zwei Monate herum waren, sagte der Mann: »Wir könnten quitt sein, aber wir sind es nicht. Ich habe Ihnen ein neues Bett gekauft, weil das alte nicht taugte. Ich habe es Ihretwegen gekauft, für mich selber hätte ich diese Ausgabe nicht gebraucht.«

Sie fand es in Ordnung, und der Mann meinte: »Ich will keinen Handel treiben, wir lassen es bei der alten Summe.«

So arbeitete das junge Mädchen in seinem Haus fast ein Jahr, und nie kam es dazu, daß sie quitt wurden.

Ehrlich gesagt, sie wünschte es auch nicht mehr, denn sie hatte sich mittlerweile sehr an das Haus gewöhnt und auch an den Mann, der kein schneidiger Held, aber immerhin solide und von gutem Charakter war.

Und eines Tages brachte er ihr Blumen mit und sagte: »Wir könnten eigentlich eine gewisse Ordnung in unser Geschäft bringen. Ich mache einen Vorschlag: Wir heiraten, denn –« er lächelte und fuhr entschlossen fort, »ich werde es immer dahinbringen, daß Sie mir die alte Summe schuldig bleiben.«

Und da das junge Mädchen ebenfalls kein sonderlich abenteuerlich veranlagtes Geschöpf war und mit der Zeit ihren Arbeitgeber liebgewonnen hatte, so heirateten sie, und es wurde eine glückliche, ruhige Ehe – und er sah immer darauf, daß er im Vorsprung blieb. Es waren – glaube ich – hundertfünfzig Mark. Niemand wird sagen, daß es zuviel Geld für so viel Glück gewesen ist.

Das Zirkuspferd

Als Hinnerk Boden eines Tages für wenig Geld einen Schimmel kaufte, wußte er nicht, was er damit getan hatte.

Die eigentliche Herkunft dieses Schimmels, den Hinnerk Hans nannte, blieb unklar, dennoch stellte sich ziemlich schnell heraus, was für eine Sorte Pferd der Schimmel war. Hinnerk kam nämlich hinzu, als Hans sich geschickt seines Halfters entledigte und in die Küche eindrang.

Hinnerk hatte bis dahin noch kein Pferd gesehen, das sich für etwas anderes als für den Stall und für den Futtertrog interessiert hätte. Er fragte also mit vollem Recht: »Was will der Schimmel in der Küche?«

Hinnerk ging hinein und sah, daß der Schimmel Hans bemüht war, sich auf einen Stuhl zu setzen.

Als er Hinnerk gewahrte, wieherte er triumphierend, und Hinnerk brach in die Worte aus: »Mein Gott, das ist ein Zirkuspferd.«

Hans war ein Zirkuspferd.

Die Sache sprach sich im Dorf schnell herum und erweckte staunende Bewunderung, insbesondere als man den Schimmel Hans dem sechsjährigen Sohn Hinnerks beim Rechnen helfen sah.

»Du liebe Zeit«, sagte Hinnerk, »er macht alles, womit ein Pferd im Zirkus seinen Hafer verdient, aber brauche ich jemanden zum Rechnen? Nein, ich brauche ein Pferd für meinen Milchwagen.«

Der Schimmel war nur mit Mühe zu bewegen, sich vor den Milchwagen spannen zu lassen, so als wisse er um den sozialen Abstieg, aber es nützte ihm nichts.

Gleich beim ersten Mal gab es einen Zwischenfall, der in jener Gegend viel Aufsehen erregte. Hinnerk, schon auf dem Rückweg zur Molkerei, hielt vor einer Kneipe und löschte seinen Durst. Der Schimmel hatte zuviel Selbstbewußtsein, um draußen geduldig zu warten. Er schien den Schenkraum für eine Manege zu halten, entledigte sich seines Geschirrs in unnachahmlich geschickter Weise und kam herein. Die Gäste waren des Wunderns voll und Hinnerk rief: »Habe ich euch zuviel erzählt?«

Der Schimmel hielt bei der Trinkerei wacker mit, und da

ein Pferd einen größeren Magen hat, machte es ihm weniger aus als dem guten Hinnerk, den der Schimmel schließlich mit weichem Maule erfaßte und vor die Tür setzte, gleich einer Frau, die ihren Mann aus der Kneipe holt.

Das Tollste jedoch war, daß der Schimmel Hinnerk vor die Deichsel setzte und sich selbst auf den Wagen begab.

Hinnerk hatte schwere Mühe, den Schimmel nach Hause zu fahren.

»Es muß seine alte Zirkusnummer gewesen sein«, stöhnte Hinnerk am nächsten Tag, »ich konnte ihm nicht den Spaß verderben. Aber wohl weiß ich jetzt, was für Überwindung es ihn kostet, meinen Milchwagen zu ziehen.«

Der Schimmel konnte sich in der Tat nicht mit dem Milchwagen anfreunden. Er begab sich in das Geschirr nach Art eines feinen alten Herrn, der gezwungen ist, einen Schlosserkittel überzuziehen. Er quälte sich rechtschaffen und mühsam des Weges, und die Verachtung stand ihm sozusagen ins Gesicht geschrieben. Einen gewissen Höhepunkt erreichte der Schimmel jedoch wenige Wochen später, als ein rücksichtslos fahrendes Auto mit dem Milchwagen karambolierte.

Um den Milchwagen war es dem guten Schimmel sicher nicht schade, aber Hinnerk kam dabei schwer zu Fall und lag bewußtlos da.

Als er aufwachte, beleckt von des Schimmels rauher und zärtlicher Zunge, war das Auto längst entschwunden.

Hinnerk fluchte mordsmäßig, aber der Schimmel stupste ihn wiehernd an, und Hinnerk sah, daß er mit dem Huf im Sand kratzte. Bei Gott, er schrieb die Nummer des Wagens hin.

Dies alles reichte für eine vielbeachtete Pressenotiz, und als der Schimmel zum Krankenhaus kam, den Beginn der Besuchszeit abwartete und dann sozusagen auf Hufspitzen Hinnerk besuchte, wußten sich die Leute gar nicht mehr zu fassen.

Diese Meldungen hatten wohl auch den Zirkus erreicht, dem der Schimmel fehlte, denn eines Tages – Hinnerk saß schon wieder halb gesund im Garten und las dem Schimmel aus der Zeitung vor – kam ein elegant gekleideter Mann, umarmte den Schimmel und rief mit Tränen in den Augen: »Er ist es.«

Der Schimmel führte einen Freudentanz auf, und wohl oder übel mußte Hinnerk den Schimmel hergeben.

»Ich würde es nicht tun«, rief Hinnerk, »wenn ich nicht wüßte, daß er zu Höherem berufen ist, als meinen Milchwagen zu ziehen.«

Der Schimmel kam also in den Zirkus zurück. Dort hatte man den Stall mit Blumen bekränzt und ein Schild aufgehängt: Herzlich willkommen.

Und nun begab sich etwas sehr Merkwürdiges: Der Schimmel schien lustlos geworden zu sein. Er stand ohne Interesse in der Manege und führte keins seiner berühmten Kunststückchen mehr auf.

Man versuchte es mit allen Mitteln, aber der Schimmel reagierte nicht.

Erst als ein Milchwagen zufällig des Weges kam, die Kannen ihr melodisches Läuten ertönen ließen, wachte der Gute wie elektrisiert auf, rannte hinaus und benahm sich ganz unpferdisch. Man konnte ihn schließlich nur noch dazu verwenden, die Milch für den Zirkus zu fahren.

Die Chauffeure der Minister

Als ich in der Rue Bizerta wohnte, kannte ich einen Mann, der dort einen Straßenstand besaß und tagaus, tagein Hosenträger verkaufte, Knöpfe aller Art und sonstigen Kleinkram. Monsieur Bertrand trug stets eine Baskenmütze, rauchte unentwegt eine Zigarette und hatte ein paar flinke, dunkle Augen. Wenn ich ihm im Haus begegnete, war er würdevoll, chevaleresk, und ich war sicher, daß er zu den besonnensten Bürgern des Stadtviertels gezählt werden mußte.

Eines Tages begegnete ich ihm wieder. Er trug einen schwarzen Anzug, einen steifen dunklen Hut und war auf eine besondere Weise feierlich und zurückhaltend.

»Monsieur Bertrand«, sagte ich zu ihm, »man sieht Ihnen an, daß Sie etwas Besonderes vorhaben.«

»Ja«, nickte er. »Sie haben sicher gehört, daß die vier Außenminister sich in Paris aufhalten.«

»Wollen Sie sich die Anfahrt der Wagen ansehen?«

Er schüttelte entschieden den Kopf. »Es sind sehr wichtige Verhandlungen, die man dort führt. Die Zeitungen geben sehr widersprüchliche Darstellungen, und ich denke, daß es das beste ist, sich selbst einmal erklären zu lassen, wie weit sie sind. Schließlich geht es um uns. Ich finde, ich habe ein Recht, mich zu erkundigen.«

Monsieur Bertrand begab sich also auf den Weg zum Konferenz-Palais, ein älterer Herr in solider, ehrbarer Aufmachung, der sicheren Schrittes den Kordon der Miliz durchbrach – man mochte ihn für einen Staatssekretär halten – und erst am Hauptportal angehalten wurde. Er grüßte den wachhabenden Offizier der Sûreté sehr höflich und brachte seine Bitte, die Herren Außenminister sprechen zu wollen, unaufdringlich, aber entschieden vor. Man starrte ihn an und wollte ihn wegschicken, aber Monsieur Bertrand bestand darauf.

»Sie werden mir nichts vorwerfen können«, sagte er. »Sie sehen, ich habe mich vorschriftsmäßig angezogen und werde die Herren höflich und korrekt fragen. Sie können sicher sein, daß ich weiß, was ich meiner Nation schuldig bin.«

Diese sicher und bestimmt vorgebrachte Rede, zusammen mit der peinlich ordentlichen Erscheinung Monsieur Bertrands, verfehlte nicht ihren Eindruck, und der Offizier überredete ihn lächelnd, die Herren würden es wahrscheinlich bedauern, aber man müsse verstehen, daß sie außerordentlich beschäftigt seien. Monsieur Bertrand, so höflich behandelt, verstand diesen Einwand und sagte nachdenklich, während sein Blick über den Vorplatz schweifte: »Sie haben recht. Es wäre mir unangenehm, für aufdringlich gehalten zu werden.« Er grüßte den lächelnden Offizier und ging geraden Schrittes auf den Parkplatz, wo die großen und eleganten Wagen der Außenminister warteten.

Er sprach mit dem Chauffeur von Mr. Acheson. »Ich höre, daß Mr. Acheson selbst keine Zeit hat. Aber ich denke, daß es genügt, wenn Sie mich informieren.«

Der Amerikaner fand es ganz in Ordnung, so gefragt

zu werden. Er sprach munter und in der unnachahmlich amerikanischen fröhlich-gelassenen Art und beruhigte Monsieur Bertrand. Mr. Acheson sei ein patenter Kerl, und es gehe alles o.k.

Monsieur Bertrand hörte aufmerksam zu und wandte sich dann an den Chauffeur von Mr. Bevin. »Ich schätze Mr. Bevin«, sagte er, »er treibt keinen Luxus und redet verständlich. Aber ich würde gern wissen, was Sie von ihm halten und wie die Sache hier steht.«

Der Engländer lobte seinen Chef, und Monsieur Bertrand hörte mit Freude, daß alle Angelegenheiten zum besten stünden. Er bedankte sich und hatte einen guten Eindruck von der Art, sich auf diese Weise zu informieren.

Er wandte sich um. Den Franzosen überging er, da glaubte er, seiner Sache sicher zu sein, und trat an den Wagen des russischen Außenministers.

»Verzeihen Sie, mein Herr«, sagte Monsieur Bertrand zu dem russischen Chauffeur, »man hört über Herrn Wyschinski sehr widersprüchliche Dinge, aber ich habe keine Vorurteile. Darf ich auch Sie fragen, was Sie zu der Konferenz im einzelnen sagen?«

Der Russe lächelte breit, pries Wyschinski und entwarf von der Verhandlung ein überaus günstiges Bild.

Es war überhaupt eine heitere Stimmung. Die vier Chauffeure standen schließlich beisammen und boten sich Zigaretten an. Sie lachten, warteten und waren wie Freunde zueinander.

Monsieur Bertrand schied von ihnen in gehobener Stimmung.

Ich traf ihn abends, und er sagte: »Es steht alles zum

besten. Man weiß doch, woran man ist, wenn man sich einmal selbst informiert.«

Aber ich sagte zu ihm: »Monsieur Bertrand, Sie haben sicher die heutigen Abendmeldungen nicht gehört. Die Verhandlung verlief überaus stürmisch, und es konnte nicht die geringste Einigung erzielt werden.«

Er sah mich betroffen an, schüttelte den Kopf und fragte: »Wieso? Die Chauffeure waren sich doch einig.« Er grübelte einige Augenblicke und meinte: »Dann sollte man doch die Chauffeure die Sache machen lassen.« Er überlegte noch einmal und sagte: »Ich halte das für eine gute Idee, und – solche Leute sind auch mehr daran interessiert, Unfälle zu vermeiden.«

Die klugen Söhne

Ein Mann hatte drei kluge Söhne.

Er war mit ihnen von Schlesien gekommen, und es ging ihnen schlecht.

Aber die Söhne vertrauten auf ihre Klugheit und waren voller Hoffnungen.

Der Vater war ein einfacher Mann. Er wußte keinen anderen Ausweg, als an einem Ort, den er sich ausgesucht hatte, den Schutt wegzuräumen und Ziegelsteine zu sammeln.

Die klugen jungen Leute bedauerten ihn und waren emsig dabei, ihre Klugheit an den Mann zu bringen. Sie eröffneten ein Geschäft und träumten von großen Erfolgen.

Aber sie machten Pleite.

Der Vater hatte indessen einen geräumigen Platz vom Schutt gesäubert und putzte nun Ziegelsteine, die er vermauern wollte. Er aß schlecht, und seine Kleider waren ganz zerfressen vom scharfen Mörtelstaub.

Die klugen Söhne hatten Mitleid mit ihm. Sie schüttelten den Kopf und überlegten, was sie tun sollten.

Sie liehen sich Geld und errichteten eine Werkstatt.

»Wir werden bald eine Fabrik haben«, sagten sie, »und dann können wir dem wackeren Alten helfen.«

Aber sie hatten Mißerfolg mit ihrer Werkstatt und konnten kaum das geliehene Geld zurückgeben.

Der Vater hatte indessen begonnen, einen Keller auszuschachten und Grundmauern zu setzen. Er war hager geworden, und seine Hände starrten vor Dreck.

»Seht unseren Alten«, sagten die jungen Leute bekümmert, »was er sich wieder in den Kopf gesetzt hat.«

Sie saßen zusammen und schmiedeten Pläne, sie durchstöberten die Zeitungen und witterten nach Geschäften. Sie wollten Vertreter werden und hofften auf große Gewinne.

Aber als nichts dabei herauskam, gaben sie ihre Posten schließlich auf.

Der Vater hatte indessen die Mauern hochgezogen und war dabei, das Dach zu setzen. Er arbeitete vierzehn Stunden am Tag und war unermüdlich.

»Er wird sich den Tod holen bei dieser verrückten Arbeit«, sorgten sich die Söhne. »Es wird Zeit, daß wir etwas für ihn tun.«

Sie richteten sich ein Werbebüro ein und versprachen sich viel davon. Sie engagierten Arbeitskräfte und schrieben Briefe ins Ausland. Aber sie hatten keinen Erfolg damit und ließen es schließlich sein. Der Vater indessen hatte das Haus fertiggestellt. Die Söhne saßen in der Stube um den Tisch und überlegten.

»Jetzt hat er ein Haus gebaut, der Brave, und ist stolz darauf. Wir müssen ihm nun endlich eine sichere Existenz verschaffen.«

Sie gründeten ein Kabarett und besprachen sich mit vielen Leuten wegen einer Filmgesellschaft.

»Ins Kino gehen die Leute immer«, sagten sie.

Aber nach drei Monaten mußten sie das Kabarett aufgeben. Sie kamen eben noch mit heiler Haut davon.

Der Vater hatte indessen begonnen, das umliegende Gelände nutzbar zu machen, zog und verkaufte Gemüse, und die klugen Söhne aßen sich satt.

Sie bewarben sich schließlich in einem Kaufhaus.

»Seid ihr nicht die Söhne des Mannes, der sich mit eigenen Händen ein Haus gebaut hat?« fragte der Direktor.

Und als sie es bejahten, sagte er: »Das ist ein tadelloser Mann, ich habe großen Respekt vor ihm!«

Und sie wurden eingestellt. Überall, wo man ihnen begegnete, hieß es: »Das sind die Söhne des Mannes, der sich ein Haus gebaut hat!« Man sah sie wohlwollend an, denn überall kannte und achtete man den Vater.

Die Söhne hatten viel Erfolg. Sie bekamen bald Filialen und waren gute Kaufleute.

»Wir wußten immer«, sagten die klugen Söhne, »daß Tüchtigkeit sich auf die Dauer durchsetzt!«

Und sie sprachen untereinander: »Jetzt können wir endlich unserem Alten ein wenig helfen, damit er hochkommt!«

Jonathan

Ein Mann namens Müller fuhr einst als Matrose auf einem Walfängerschiff, das in einen wüsten Sturm geriet. Die Brecher jagten über das Deck, und Müller, der von jeher eine leichtsinnige Natur gehabt hatte, stand auch diesmal so ungesichert, daß die See ihn hinwegraffte.

Müller verlor fast das Bewußtsein, aber als er wieder zu sich kam, stellte er fest, daß er sich im Innern eines Riesenwales befand. Ehe Müller seine schreckliche Lage überdenken konnte, hörte er eine Stimme.

»Hallo, ist jemand da?«

Müller erschrak und erkannte schließlich im ungewissen Licht – der Wal mußte gerade kurz vorher einige selbstleuchtende Meerestierchen verschluckt haben – einen Mann.

»Wer sind Sie?« brachte Müller mühsam heraus.

»Mein Name ist Jonathan«, sagte der Fremde, »ich bin schrecklich froh, daß ich Gesellschaft bekomme.«

»Jonathan?« murmelte Müller. »Sind Sie der bewußte Jonathan, der seinerzeit –«

»Derselbe«, antwortete der Mann mit einer gewissen Würde.

»Du liebe Zeit«, rief Müller, »ich habe die Geschichte immer für einen Witz gehalten.«

»Nein, nein«, sagte der Fremde, »ich weiß nicht, wie viele Jahre vergangen sind, aber Sie sehen, daß ich mich, wenn

auch auf schreckliche, mühsame Weise, am Leben erhalten konnte.«

»Hören Sie, Jonathan«, sagte Müller, »es freut mich natürlich, Ihre Bekanntschaft zu machen.«

Müller saß weich und empfand die Bewegungen des Wals als sehr angenehm. Er meinte: »Aber wie kommen wir wieder hinaus?«

»Keine Ahnung«, sagte Jonathan, »ich weiß es wirklich nicht. Ich habe schon alles mögliche versucht.«

Mit einer gewissen und sicher verständlichen Neugierde fragte Jonathan: »Wie sieht es denn jetzt draußen aus? Meine Erinnerungen sind im Lauf der Zeit leider immer mehr verblaßt.«

»Ach Gott, ja«, rief Müller überrascht, »Sie Ärmster haben ja nicht die geringste Ahnung. Moment, ich werde Ihnen gleich ein Bild der Lage geben.«

Und Müller begann zu erzählen. Er mußte weit ausholen, denn Jonathan hatte natürlich keine Kenntnis all der Dinge, die für Müller selbstverständlich waren. Aber schließlich, sie hatten ja Zeit. Müller berichtete von den schrecklichen Kriegen und versäumte nicht, alle Einzelheiten so anschaulich wie möglich zu schildern. Er redete von Atombomben, von Diktaturen, von Zwangsarbeit und von den Verwicklungen, die unmittelbar vor der Tür standen.

Leider kam er mit seinem Bericht nicht zu Ende, denn der Wal geriet offensichtlich in große Unruhe und Erregung. Und ehe sich Müller und Jonathan versahen, fanden sie sich, von allen Seiten gepreßt und gestoßen, auf freiem Meer schwimmend.

»Du liebe Zeit«, rief Jonathan erstaunt und hielt sich mit mühsamen Schwimmbewegungen über Wasser, »was ist geschehen?«

Müller verbarg sein eigenes Erstaunen nicht. »Er muß uns gehört haben«, murmelte er und ruderte mit den Armen, »er hat sich regelrecht übergeben.«

»So muß es sein«, sagte Jonathan und setzte nachdenklich hinzu: »Wenn alles wahr ist, was Sie sagen, tut es mir sehr leid, den Wal verlassen zu haben, in dem ich mich doch mittlerweile recht heimisch gefühlt habe.«

Insterburg

Ich habe neulich etwas erlebt. Es war, als fasse jemand unversehens nach meinem Herzen.

Ich saß in einer Bar.

Ich gehe selten in eine Bar, denn ich liebe diese Lokale nicht. Es ergab sich, daß ich mit einem Freund diese Bar aufsuchte.

Sie war sehr elegant, mahagoniegetäfelt, mit indirektem rotem Licht, das alles in einen milden, wohltuenden Dämmer versetzte. Die Bar selbst blinkte von Silber und Glas, und eine kleine Kapelle konzertierte, weder zu laut, noch zu leise, gerade so, daß man die Musik am Rande wahrnahm und in eine Stimmung versetzt wurde, die zwar wohltat, aber letzten Endes keine echte, keine reale war.

Plötzlich kam, während wir unseren Sekt tranken, ein Mann herein, der sehr auffällig gegen die Gäste abstach. Es war ein alter, weißhaariger Mann mit freundlichem Gesicht. Er hielt eine speckige, verschlissene Mütze in der Hand, und man sah ihm an, was er war: ein Bettler.

Ein Geschäftsführer, elegant im schwarzen Frack, eilte sogleich hinzu und wollte den Mann abdrängen, der mit verdorbenen, staubigen Schuhen auf dem weichen roten Teppich stand.

Er gehörte einfach nicht hierher. Man mußte ihn von den Gästen fernhalten. Das war die Pflicht eines Geschäftsführers und nicht zu tadeln. Der Bettler blickte den Geschäftsführer ernst und zugleich freundlich an. Sein altes Gesicht leuchtete so sehr von Freundlichkeit, daß ich mich erhob und sagte: »Lassen Sie den Mann einmal mit mir sprechen.«

Der Geschäftsführer sah mich unschlüssig an, aber ich führte den alten Mann an einen Tisch, der in einer Ecke stand.

Der Mann lächelte mich an.

»Ich möchte nicht stören«, sagte er mit einer Stimme, die wie die eines Kindes klang, ganz hoch, ganz hell und zugleich etwas einfältig.

Er griff in seine Brusttasche und zeigte mir ein Bild. Etwa zehn auf zehn Zentimeter, ein kleines Aquarell, das er selbst angefertigt hatte. Es zeigte eine Straße mit niedrigen Häusern und im Hintergrund einen Turm. Es war fast keine Perspektive in dem Bild und erinnerte in allem an die Malerei eines Schulkindes.

»Dies ist die Straße in Insterburg«, sagte er fast etwas feierlich und mit unbeirrbar freundlichem Gesicht. »Ich habe sie selbst gemalt. Es ist meine Straße, müssen Sie wissen. Jedes Haus ist echt. Es gibt jedes Haus, und auch der Turm hinten ist so, wie er war.«

»Sind Sie aus Insterburg?« fragte ich.

Er nickte ernsthaft und sah mich mit wasserhellen Augen an. »Möchten Sie es haben?« fragte er. »Ich gebe es schon für fünf Mark weg. Oder ist es Ihnen zu teuer?«

Das Bild war natürlich miserabel und hatte nicht den geringsten Wert.

Er betrachtete es allerdings äußerst liebevoll. »Eine schöne Straße«, sagte er, »eine ruhige Straße. Sie war sehr hell, und wir hatten den ganzen Tag Sonne. Wenn es Sie interessiert, dies ist mein Haus gewesen.« Er lächelte: »Ich habe es etwas liebevoller gemalt. Ich hoffe, daß es nicht den Gesamteindruck beeinträchtigt.«

»Nein«, sagte ich, »es wirkt wie ein Mittelpunkt. Jedes Bild muß einen Mittelpunkt haben.«

Er lächelte mich an.

»Haben Sie es aus dem Gedächtnis gemalt?«

»Ja«, nickte er, »aber ich schwöre Ihnen, daß alles stimmt. Ich würde es Ihnen auch für vier Mark überlassen.«

Ich griff in meine Tasche. »Nein«, sagte ich, »ich halte fünf Mark durchaus für angebracht.« Ich legte ihm das Geld hin und freute mich, diesem Mann etwas Gutes tun zu können, denn er sah bei Gott so aus, als ob er das Geld gebrauchen könne.

Und jetzt geschah es: Ich sah seine alte Hand, die schon nach dem Geld griff. Sie hielt plötzlich inne, schwebte über dem Geld und sank zurück.

Ich blickte ihn an.

Seine Augen hatten sich ein wenig verdüstert. Er lächelte unglücklich und schob das Bild näher an sich heran.

»Bitte«, flüsterte er, »verzeihen Sie – ich möchte es doch lieber nicht machen.«

»Soll es mehr kosten?« fragte ich.

»Nein, nein«, wehrte er erschrocken ab, »ich glaube, ich möchte mich von diesem Bild doch nicht trennen –«

Er blickte es fasziniert an. »Bitte«, sagte er leise, »entschuldigen Sie.«

Und wandte sich zum Gehen.

Das war es, was mir plötzlich ans Herz griff. Einen alten

Mann zu sehen, der plötzlich tief erschrak, weil er im Begriff gewesen war, für ein paar Mark ein Bild zu verkaufen, das ja viel, viel wertvoller war. Obwohl es sich um eine einfache kleine bunte Zeichnung handelte, zehn auf zehn Zentimeter, ein paar alte Häuser in Insterburg, schief und krumm, genau so, wie Kinder sie malen würden.

Am Himmel weidet ein Kamel

Sie waren mit dem Motorrad hinausgefahren und lagen nun am Seeufer. Hans stützte den Kopf nachdenklich auf die Hand und blickte auf seine Frau. Anne blickte lächelnd in den Himmel.

»Hör zu«, sagte Hans, »wir müssen irgendwie Ordnung in unser Leben kriegen. Wir sind nämlich wieder nicht mit dem Wirtschaftsgeld ausgekommen. Wir haben genau hundert Mark zuviel verbraucht. Können wir nicht mal überlegen, woran es liegt?«

Anne antwortete nicht. Ihr Kopf lag auf dem Gras wie auf einem Kissen. Ihr Mund war ganz leicht geöffnet, daß man den Schmelz der Zähne sah. Ihr Mund lächelte.

»Hörst du überhaupt zu?« fragte Hans etwas mißmutig. »Irgendwo machen wir etwas verkehrt. Paß mal auf, wenn wir nur einmal in der Woche Fleisch essen, sparen wir an die fünfzig Mark. Wir können überhaupt am Essen sparen –«

Anne sagte leise: »Wie schön.«

»Was?« fragte Hans.

»Die Wolken«, sagte Anne.

»Guck nicht in die Wolken«, murrte Hans, »wir haben zuviel Geld ausgegeben und müssen sparen.«

»Wie ein Schiff sieht diese Wolke aus. Mit ganz weißen Segeln. Siehst du es?«

Hans sah hoch. »Nee«, meinte er trocken. »Ich sehe nur eine Wolke. Sie sieht nicht wie ein Schiff aus, sondern wie ein Fußball.« Er räusperte sich. »Vielleicht wohnen wir zu teuer. Wir sollten uns um eine andere Wohnung bemühen.«

Annes Kopf lag immer noch auf dem Gras, und ihre Augen lächelten. »Jetzt sieht sie aus wie ein Kamel. Wie ein Kamel, das am Bauch brennt.«

Hans schüttelte den Kopf. »Kind«, sagte er, »ich denke über unser schwieriges Leben nach, und du siehst Kamele am Himmel, die am Bauch brennen. Alle Sorgen läßt du mich allein haben.«

Anne richtete sich ein wenig auf. Sie blickte über den See. Da waren Boote. Der Wind wehte Musik herüber. Hans hob seufzend die Schultern und meinte: »Dreihundert Mark mehr, und alles wäre besser. Ohne Geld kann man sein Leben nicht genießen.«

Anne lächelte. Der Schein der Sonne ließ ihr Gesicht erglühen. Ihr Mund war weich, voll und rot. »Aus dem Kamel sind jetzt zwei Hunde geworden, siehst du?«

Hans sagte: »Die Hunde sind nicht im Himmel, sondern auf der Erde. Jeder Mensch ist gehetzt von Hunden, und er kann von Glück sagen, wenn er davonkommt.« Anne sagte gar nichts. Hans sah sie an. Annes Schultern waren voll und rund. Anne lag ganz ruhig.

»An diesem Leben ist nichts Schönes«, setzte Hans fort. »Und du kannst auch nichts daran ändern mit deinen Kamelen und Hunden am Himmel.«

Jetzt hob Anne die Arme und legte sie um seinen Hals. Ganz langsam zog sie ihn zu sich herunter. Hans kam ihrem Gesicht immer näher. »Was machst du?« fragte er.

Sie sagte immer noch nichts. Es war auch nicht nötig. Ihr Mund war ganz nahe, ihre Augen leuchteten. Hans sagte nun auch nichts mehr. Er hatte gar keine Ahnung, wie unerhört glücklich er war.

Ich habe ein Karussell gekauft

Ich sollte Kartoffeln kaufen, Glühbirnen und ein Paar Schuhe, und ich kam wieder und sagte zu meiner Frau: »Ich habe die Kartoffeln nicht, auch nicht die Glühbirnen und schon gar keine Schuhe. Ich habe ein Karussell gekauft.«

Meine Frau starrte mich an, als sei ich närrisch: »Was hast du gekauft?«

»Ein Karussell. Ein richtiges Karussell mit Zelt und Musik und kleinen silbernen Elefanten.«

»Du bist nicht gescheit«, sagte meine Frau, »wie kommst du an ein Karussell?«

»Na ja, wie komme ich an ein Karussell? Ich hab's gekauft. Es steht auf dem Marktplatz, und es kostet dreihundert Mark.«

Meine Frau wollte es nicht glauben. Sie war ganz blaß vor Aufregung und sah mich an, als sei ich plötzlich wahnsinnig geworden.

»Hör mal«, sagte ich, »das hat seine Richtigkeit. Der Besitzer wollte das Karussell los sein. Ich hab's für dreihundert billig bekommen. Es hat ein elektrisches Gangwerk, bemalte Innenwände und, wie gesagt, silberne Elefanten, die man allerdings neu streichen müßte.«

»Was, um Himmels willen«, sagte meine Frau, »was sollen wir mit einem Karussell?«

Diese Frage beleidigte mich etwas. Ich fand sie entsetzlich sachlich und unromantisch. Ich gebe natürlich zu, daß es ungewöhnlich ist, ein Karussell zu kaufen, aber so verrückt doch wieder auch nicht.

Ich sagte: »Ein Karussell ist ein Gegenstand der Freude. Es ist eine Sache der blanken Seligkeit. Tausende von Kindern haben auf diesen silbernen Elefanten gesessen und waren vollkommen fröhlich.«

Meine Frau schüttelte schweigend den Kopf, nur meine Kinder hatten den richtigen Begriff von der Sache. Sie waren außer Rand und Band, und ich selbst war für sie so etwas wie der liebe Gott. Wer in der Straße besaß schon ein Karussell?

»Wir haben ein Karussell«, riefen sie und stürmten zum Marktplatz. Und ich stürmte mit und drehte sie im Kreise. Sie fanden die Sache herrlich und probierten sämtliche Elefanten durch, die, wie gesagt, nur neu zu streichen waren. Die Sättel vielleicht rot, das Schabrackenzeug golden. Ich würde die Sache schon machen.

Meine Kinder waren in reiner Seligkeit. Und sie hatten eine Menge Freunde und Freundinnen und luden jeden ein. Ich wollte nicht damit anfangen, Geld zu verlangen. Sie sollten die Sache genießen.

Über Nacht ließ ich das Karussell stehen. Zu Hause sah mich meine Frau nicht an. Sie sah einfach durch mich hindurch. »Du machst dich lächerlich mit deinem Karussell«, sagte sie.

»Deine Glühbirnen kriegst du schon noch, die Winterkartoffeln und Schuhe auch und was weiß ich alles«, rief ich, »dieses ganze Zeug, das nichts an sich hat, außer daß es nötig

ist. Ich bin diese nötigen Sachen leid, die das Gehirn stumpf machen und das Leben lästig. Mein Karussell ist eine phantastische Sache. Sie ist unnötig, ich weiß, sie ist lächerlich, das weiß ich auch, aber sie macht mir Spaß.«

Am nächsten Tag fehlte einer der silbernen Elefanten, ausgerechnet einer, bei dem der Rüssel noch nicht abgebrochen war. Er fehlte einfach. Es fehlten Glühbirnen und Schallplatten, und irgend jemand hatte sich ein Stück aus der Zeltbahn geschnitten.

Niemand hat daran gedacht, diese Dinge bei Nacht und Nebel zu stehlen, solange ich nicht der Besitzer war. Ich weiß gar nicht, warum. Die Kinder konnten umsonst fahren, ich nahm nichts dafür, und schon fangen die Leute an, mir silberne Elefanten zu stehlen. Es ist wie eine Verschwörung gegen mich, der ich mit dieser Sache der Freude gar kein Geschäft machen wollte.

Na ja, ich habe mein Karussell abgebaut. Ich habe es auf unseren Hof gebracht, zwischen Kellertreppe und Mülltonnen. Ich habe einen Tag schwer gearbeitet. Was die Nachbarn sagten, weiß ich. Sie sagten: »Er ist plötzlich verrückt geworden. Er hat ein Karussell gekauft. Die arme Frau!«

Das ärgert mich. Wieso arme Frau? Sie hätten sagen müssen: »Die glückliche Frau. Ihr Mann kauft ihr sogar ein Karussell. Das ist ein netter Mann und ein netter Vater. Das ist ein Mensch!« Aber keine Spur. Sie beklagten sich über die Musik. Niemandem fiel es ein, die Radioapparate zu verfluchen, die die Mittagsstille zerdröhnten, aber mein Karussell verfluchten sie. Sie verfluchten die Kinder, die in Schwärmen unseren Hof besuchten. Wie unlogisch, daß sie sich zu anderen Zeiten prächtig anzogen und ihre Kinder an die Hand nahmen und Geld dafür bezahlten, daß der ganze Kinderhaufen rundum fuhr.

Es war eine Verschwörung gegen mich. Es fehlte der zweite Elefant und der dritte. Meinem Karussell gingen die Elefanten aus wie anderen Leuten die Haare. Die ganze Stadt war der Meinung, ich sei verrückt und es sei eine lobenswerte Tat, mir meine silbernen Elefanten zu stehlen. Und die Zeltbahn auch. Und sogar die Bretter, so, als ob die Diebe zu Hause keine Fußböden besäßen.

Nun, ich bleibe fest. Ich habe ein Karussell gekauft, und ich finde es eine herrliche Sache. Und nur, weil ich dem Verfall nicht länger zusehen will, sozusagen um das letzte zu retten, biete ich mein Karussell zum Verkauf an. Mit elektrischem Gangwerk, bemalten Seitenwänden und – na ja, mit zwei oder drei Elefanten, wenn sie morgen früh noch da sind.

Nur ernstgemeinte Zuschriften werden beantwortet. Aber sprechen Sie vorher mit Ihrer Frau und mit Ihren Nachbarn.

Ich werde die silbernen Elefanten noch streichen, die Sättel rot und die Schabracken golden. Wichtig ist nur eins: Der Karussellgedanke darf nicht sterben!

Ich streiche mein Haus blau an

Ich besitze kein großes Haus, keine Villa, keinen Palast, nur ein Häuschen aus Holz. Von weitem sieht es aus wie eine Zigarrenschachtel.

Möchten Sie, daß Ihr Haus, selbst wenn es nur ein Häuschen ist, wie eine Zigarrenschachtel aussieht? Ich auch nicht.

Ich habe die blaue Farbe gern. Ich könnte nicht erklären, warum. Es ist so. So ein leichtes, durchsichtiges Blau finde ich herrlich. Es erhebt mich und macht mich fröhlich.

Ich habe mein Haus blau angestrichen. Ich pfiff dabei und dachte mir gar nichts. Höchstens, daß das blaue Haus schön aussehen würde, ein kräftiger, leuchtender Fleck, als ob ein Tropfen Himmelsblau in meine Straße gefallen wäre.

Ich war erst halb fertig, als mein Nachbar kam.

»Sagen Sie, wollen Sie Ihr Haus blau anstreichen?«

»Ja«, antwortete ich unbefangen, »dieses Blau hier, das Sie sehen.«

Er schüttelte den Kopf. »Das ist doch nicht Ihr Ernst?«

»Doch«, meinte ich, »mir gefällt diese Farbe. Mir gefällt es überhaupt, daß man heutzutage jede Art Freiheit genießt – auch die, sein Haus anstreichen zu können, wie man will.«

Mein Nachbar blickte mich verdrossen an.

»Ich bin Ihr Nachbar«, rief er, »ich kann meine Fenster nicht vermauern. Ihr blaues Haus macht mich närrisch und nimmt mir den Appetit.«

»Mein Gott«, sagte ich, »das will ich natürlich nicht.«

»Nehmen Sie doch Grün«, rief mein Nachbar, »Grün ist eine vernünftige Farbe, und Grün steht Ihrem Haus genauso gut.«

Ich bin ein ruhiger, umgänglicher Mensch. Ich dachte zwar, daß ich soviel Freiheit heutzutage habe, die Farbe zu wählen, die ich mag, aber dieses Übermaß an Freiheit ist vielleicht zuviel verlangt. Wenn es ihm den Appetit nimmt!

Ich blieb fröhlich. Ich habe die Freiheit, jede Farbe des Regenbogens zu nehmen außer Blau. Das ist doch immerhin etwas.

Ich strich mein Haus also grün und pfiff dabei munter vor mich hin.

»Wollen Sie Ihr Haus tatsächlich grün anstreichen?« kam ein Nachbar zur Linken.

»Ja«, sagte ich, »wiesengrün. Das ist eine nette Farbe und erinnert an den Frühling.«

Er schüttelte den Kopf. »Wie kommen Sie denn auf einen so ausgefallenen Gedanken? Würden Sie in einem grasgrünen Anzug herumlaufen?«

»Nein«, sagte ich unbefangen, »ich streiche ja niemandem den Anzug, sondern mein eigenes Haus.«

Diese Antwort schien ihn zu erbittern. »Sie haben kein Recht, sich über mich lustig zu machen!« schrie er. »Sie wissen genau, daß Grün mich verrückt macht, und wollen mir das Haus zum ewigen Ärger vor die Nase setzen.«

»Keine Ahnung hatte ich, daß Grün Ihnen widerwärtig ist«, begütigte ich ihn.

»Nehmen Sie doch Gelb«, schlug er vor, »das ist neutral, und damit wird sicher jeder einverstanden sein.«

Na schön, also gelb. Die Freiheit ist noch ein bißchen kleiner geworden, aber im Prinzip ist sie ja da. Und darauf kommt es schließlich an.

Ich fing also mit Gelb an. Sie ahnen sicher schon, wie es mir ging. Der Mensch von gegenüber öffnete sein Fenster und schrie herüber: »Was denn? Gelb? Wahrhaftig gelb? Sie sind nicht gescheit. Kanarienvögel sind gelb, aber keine Häuser. Wollen Sie mich mit dieser grellen Farbe blenden?«

Sehen Sie, nun ließ ich Topf und Pinsel stehen.

Ich verfaßte ein Rundschreiben an die Bewohner meiner Straße: Ich möchte mein Haus anstreichen und bäte um Vorschläge, weil ich niemandem den Appetit verderben, niemanden verrückt machen und keinen blenden wolle.

Ich habe die Antwortschreiben gesammelt, und sie können jederzeit bei mir eingesehen werden.

Alle schrieben: Was mir einfiele! Ich könne doch mein Haus streichen, wie ich wolle!

Nur: »Blau möchte ich nicht«, schrieb der eine.

»Gelb ist gräßlich«, verkündete ein nächster. Und so hatte jeder eine Farbe, die er nicht mochte.

Ich habe mein Haus nicht gestrichen. Es verfällt langsam und geht zugrunde.

Ich will meinen Frieden haben und lasse es zum Teufel gehen. So ein Mensch bin ich.

Aber gestern kam einer auf mich zu und sagte: »Sagen Sie mal, wollen Sie gar nichts für Ihr Haus tun? Die ganze Straße unterhält sich darüber, wie gleichgültig Sie gegenüber Ihrem Haus sind. Es sieht ja aus wie ein Kaninchenstall. Streichen Sie es doch wenigstens an.«

Ich werde wahnsinnig.

Das Fass

Josef«, sagte Hinrich, der den besten Weinberg weit und breit besaß, »nimm den Handwagen und bring ein Fäßchen vom Diesjährigen nach Cochem zu meinem Schwiegervater.«

Josef belud also das kleine Handwägelchen mit dem Fäßchen, das rund und bauchig aussah, herrlich gefüllt und duftend. Er kam auf die glatte Straße und zog sein Wägelchen sanft dahin. Die Mosel rauschte an ihm vorbei, und die Berge ringsum, die herrlichen, gärtengeschmückten Moselberge flammten im satten Licht der Herbstsonne.

Josef war guter Laune. Das Wägelchen knarrte fröhlich, und das Fäßchen, das dunkle, bauchige Fäßchen ruhte sanft im Gestell. Es wurde Josef etwas warm, und als er die Höhe erreicht hatte, da wurde ihm selber fröhlich zumute, und er dachte bei sich: »Ein Gläschen könnt' jetzt nicht schaden. Es merkt niemand, und es tut mir gut.«

Er hielt seinen Becher also unter den Hahn, den Hinrich vorsorglich aufgesteckt hatte, ließ ihn herrlich vollaufen und trank. Er machte sich weiter auf den Weg und dachte: »Fünfzig Liter für den Schwiegervater, das ist gut gerechnet und zeigt, daß Hinrich ein Herz für die Leute hat. Ich denke, er wird es mir zubilligen, wenn ich davon nehme, was ich brauche.«

So hielt Josef also zuweilen, füllte seinen Becher und

trank. Er fand alles wunderbar, den Weg nach Cochem, die prachtvolle, sonnengefüllte Luft und das knarrende Wägelchen, auf dem das Fäßchen lag.

Die Strecken zwischen den Pausen wurden immer kleiner, aber Josef dachte: »Nur nervöse Leute haben es eilig. Sie rennen durch die Welt und durch ein ganzes Leben und haben nichts davon.« Er lächelte: »Das soll mir nicht passieren«, und hielt wieder und drehte das kleine Hähnchen auf.

Er marschierte fröhlich seines Weges, und es wandelte ihn die Lust an zu singen.

So holten ihn mehrere Wanderer ein, blieben stehen und sagten: »He, Alter, das ist eine sympathische Reise mit so einem Fäßchen Wein. Du könntest uns gut etwas davon ablassen.«

Und Josef dachte bei sich: »Sie haben manierlich gefragt. Habe ich ein Herz aus Stein?«

Und er ließ sie sich bedienen. Das Hähnchen sprudelte munter, und Josef dachte: »Für den Schwiegervater bleibt genug. So ein Fäßchen ist gigantisch, wenn man es auf einen einzelnen Mann bezieht.«

Und es kam eine herrliche Stimmung auf. Die Wanderer eskortierten das Fäßchen, und singend ging es weiter, während die Mosel rauschte und die Sonne sich an den Bergen verbrannte.

Und überall, wo ihnen Leute begegneten, gab es einen kleinen fröhlichen Halt. Das Fäßchen reiste wie ein Botschafter durchs Moseltal und wurde überall begrüßt und verabschiedet.

»Seht«, dachte Josef, »da erzählt man in der Welt, die Menschen sind schlecht. Ich sage, sie sind gut und von fröh-

licher Natur.« Er schwankte seines Weges, die Räder knarrten, und die Luft war wie Seide.

Da begegnete ihm eine Omnibusgesellschaft, ach, und die Zeremonien um das Fäßchen wollten kein Ende nehmen.

Besorgt klopfte Josef an das Holz, und es gab einen hohlen Ton von sich. »Du lieber Himmel«, dachte Josef, »fünfzig Liter sind es nicht mehr, aber Hinrich wird es verzeihen, denn es ist eine wunderbare Reklame für ihn.« Und er machte das Hähnchen gar nicht mehr zu. Der Abend kam näher, und Cochem war noch weit.

»Liebe Leute«, sagte Josef, »es ist so wenig in dem Fäßchen, daß es nicht mehr lohnt, Rücksicht zu nehmen.«

Und die Eskorte vergrößerte sich, eine fröhliche, singende Leibgarde für ein kleines Fäßchen, das sich immer leichter ziehen ließ. Der Abend zog feurige Linien durch das Moseltal, und nicht weit von Cochem blieb Josef in einer Kneipe sitzen, um etwas zu essen. Er war glücklich betrunken, und draußen stand einsam das Wägelchen, und das Fäßchen war leer.

Hinrich indessen hatte telefoniert und erfahren, daß Josef noch nicht angekommen war.

»In gewisser Weise war es leichtsinnig, ihn so gehen zu lassen«, dachte er bei sich, holte seinen Wagen aus der Garage, belud ihn mit einem Fünfzig-Liter-Fäßchen und brauste durch den Abend auf Cochem zu.

Immer milder wurden die Farben. Die Hänge sahen aus, als quelle der Wein in Strömen hervor, so daß sie perlmuttfarben schimmerten. Hinrichs Herz wurde ganz friedlich.

Unsere herrliche Mosel, dachte er.

Aber dann erkannte er im Vorbeifahren Josefs Wägelchen.

Es stand da ganz einsam und verlassen, und ahnungsvoll klopfte Hinrich mit dem Knöchel an das Fäßchen. Ach, es war völlig leer. Hinrich überlegte etwas, dann lächelte er, nahm das leere Fäßchen in den Wagen und legte das volle auf Josefs Kärrchen.

Dann ging er hinein.

Ach, wie beklommen kam Josef auf ihn zu, weinselig und herzlich: »Hinrich«, sagte er, »es ist schrecklich, aber das Fäßchen ist leer.«

Hinrich rief: »Ich verstehe nicht, Josef, draußen steht es. Es ist voll.«

Josef schwankte hinaus, steuerte auf das Fäßchen zu, befühlte und beklopfte es, starrte Hinrich an, schüttelte den Kopf und rief fassungslos: »Das ist ein Wunder, Hinrich –«

Tapfer hielt er sich auf den Beinen, und während das Mondlicht schon bleich ins Moseltal einfiel, setzte er schwach, lächelnd und selig hinzu: »Hinrich, das kann auch nur unser Moselwein.«

Ein Mann kommt nach Haus

Vier Monate war Krüger auf Montage gewesen. Er hatte jeden Monat pünktlich sein Geld nach Hause geschickt. Nicht nur, was seine Frau zum Leben brauchte, sondern auch, was sie auf die Sparkasse bringen sollte. Denn Krüger verdiente gut.

»Es ist eine lange Zeit«, hatte seine Frau damals seufzend gesagt, »aber ich sehe ein, daß es gut für uns alle ist.« Und nun war Krüger fertig mit der Arbeit. Ein paar Tage früher, als er geglaubt hatte. Er schrieb gar nicht nach Hause, daß er kommen würde, er kam einfach.

Den ganzen Weg über freute er sich. Die vier Monate fern von zu Hause waren ihm wirklich schwergefallen. Er liebte seine Frau und seine kleine Tochter. Er hatte eingekauft, Kleiderstoff, eine Bluse. Er hatte noch eine Prämie bekommen, die er restlos für Geschenke ausgegeben hatte. Er hatte richtig Herzklopfen, als er sich seinem Haus näherte. Was für eine Überraschung! Er freute sich auf die strahlenden Augen seiner Frau.

Aber niemand öffnete. Krüger setzte die Pakete ab und suchte in der Tasche nach seinem Schlüssel. Daß sie nicht da war, machte nichts, um so größer würde die Überraschung sein, wenn sie hereinkam und ihn gemütlich im Sessel sitzend fand. Krüger lachte und trat ein. Ja, das war seine Wohnung. Gemütlich, ordentlich. Sie roch nach Sauberkeit.

Da fiel sein Blick auf einen Herrenhut, der in der Garderobe auf einem Haken hing. »Nanu?« dachte Krüger. »Haben wir Besuch?« Er pfiff fröhlich und ging durch die Wohnung. Im Kinderzimmer sah er einen großen bunten Ball.

»Nicht von mir«, dachte er, »wer mag ihr den geschenkt haben?« Vergnügt ging er ins Badezimmer, um sich zu waschen. Auf dem Glasbord unter dem Spiegel sah er einen fremden Rasierapparat. Am Haken hing ein unbekannter Hausmantel.

»Das wird ja immer geheimnisvoller«, dachte Krüger fröhlich. »Das ist ein verdammt feiner Hausmantel.«

Er ging ins Wohnzimmer, sah auf die Uhr und überlegte: »Mache ich Kaffee, bis sie kommt?« Pfeifend ging er in die Küche, setzte Wasser auf und mahlte Kaffee. Dabei fiel sein Blick auf ein Paar Herrenschuhe, die blank geputzt am Schuhschränkchen standen. »Nun bin ich aber langsam neugierig«, dachte Krüger, ging ins Wohnzimmer und deckte den Tisch.

Wenig später kam seine Frau. Sie steckte den Schlüssel in die Tür und rief verwundert: »Es ist offen, obwohl ich doch zugeschlossen hatte.«

Krüger saß im Zimmer und hörte ihre Stimme. Er war richtig aufgeregt vor Freude. Und dann kam sie herein, mit einem Herrn an ihrer Seite. Sie starrte ihren Mann an, ihr Gesicht leuchtete auf, und sie fiel ihm in die Arme.

Sie küßten sich, als sei er mindestens ein Jahr weggewesen. Dann wandte sich Krüger an den Herrn, schüttelte ihm fröhlich die Hand und sagte: »Mensch, du bist es, Onkel Franz. Ich habe mir schon den Kopf zerbrochen, wer es sein könnte.«

Hatten Sie eine andere Geschichte erwartet? Dann tut es mir leid. Ich persönlich finde es so nämlich hübsch.

Das glückliche Leben

Ich habe da neulich eine Geschichte gehört, von der ich glaube, daß sie von allgemeinem Interesse ist. Sie handelt von einem Mann, der einen unglaublich guten Charakter hatte. Immer, wenn von ihm gesprochen wurde, nickten die Leute einander zu, zeigten ihre Hochachtung.

Er war damals Student und nahm seine Arbeit sehr ernst. Er vertiefte sich in seine Bücher, lernte eifrig und mit großer Leichtigkeit. Seine Ansichten waren konservativ, wenn auch nicht so sehr, um nicht aufgeschlossen zu sein gegenüber dem Neuen. In Rede und Benehmen zeigte er Manieren, kurz: Er war ein Muster eines jungen Mannes, dessen Leben vielversprechend vor ihm lag.

Aber insgeheim war er besessen von großer Furcht und Lebensangst. Nachts lag er oft wach, starrte gegen die dunkle Decke und fühlte sich erfüllt von lähmender Furcht. Er wußte: Die Leute haben zu wenig Phantasie. Sie leben in den Tag hinein und haben von der Zukunft keine Vorstellung. Sie lassen das Unbekannte bedenkenlos auf sich zukommen.

Dieser junge Mann wachte morgens ganz zerschlagen auf, und es dauerte jedesmal eine Weile, bis der helle Tag seine geheimen Befürchtungen zerstreute, so wie Sonne den Tau auflöst.

Der junge Mann kannte ein reizendes Mädchen, und die

Liebe zu diesem Mädchen erfreute ihn, erwärmte sein Gemüt.

Das junge Mädchen mochte ihn. Ihr gefiel seine Ernsthaftigkeit. Eine Frau fühlt, wenn sie jemandem begegnet, der kein Windhund ist. Eine Frau ist immer auf der Suche nach einem Halt inmitten treibender Bewegungen. Bei ihm fühlte man sich wohl, da waren keine wilden Abenteuer zu erwarten, sondern ein geordneter Verstand würde für Ruhe sorgen.

Anneliese traf ihre Entscheidung: den oder keinen. Und wie jede Frau, die sich in diesem Sinne entschieden hatte, handelte sie ebenso zügig wie willensstark.

Sie begann sich zu entfalten, wie eine Blüte sich entfaltet, die nur den richtigen Moment abgewartet hat, zeigte alle ihre Farben und Schönheiten und wurde von Tag zu Tag hübscher.

Anneliese und Harald verbrachten wundervolle Tage miteinander. Und Anneliese wartete. Sie wartete Tag um Tag, Woche um Woche, Monat für Monat.

Aber wer blüht schon gerne sozusagen ins Leere hinein? Also brachte Anneliese selbst eines Tages die Rede auf das, was sie für wirklich wichtig hielt.

»Wollen wir nicht heiraten?« fragte sie in einem Augenblick besonders innigen Vertrautseins.

Harald zog scharf die Luft ein.

Er sah Anneliese ganz bekümmert an und antwortete: »Es würde wundervoll sein, ich könnte mir nichts Schöneres vorstellen. Ich bin sicher, daß wir füreinander wie geschaffen sind –«

Na endlich, dachte Anneliese.

Aber Harald fuhr fort: »Dem steht nur etwas entgegen.«

»Dem steht etwas entgegen?« fragte Anneliese betroffen.

»Ja«, nickte Harald und enthüllte ihr jetzt sein Geheimnis: »Ich habe Angst. Tagsüber weicht die Angst ein wenig zurück, sie wartet im Hintergrund. Abends kommt sie wieder nach vorn, zeigt sich stärker und stärker, um in der Nacht ganz nah zu sein. Dann erfüllt sie mich ganz, so daß ich kaum schlafen kann und die schrecklichsten Träume habe.«

Anneliese hörte ihm verwundert zu.

Und Harald sagte: »Es ist eine Herausforderung an das Schicksal, heutzutage glücklich zu sein. Die Angst sagt mir: Das Schicksal duldet keine Glücklichen. Der Glückliche stürzt tief, wenn er stürzt.«

»Aber wovor hast du denn Angst?« fragte Anneliese.

Mit bleichem Gesicht und zitternder Stimme sagte er: »Vor dem Krieg, der kommen kann. Die Zeiten sind unsicher, erfüllt von Mißtrauen. Der menschliche Verstand ist krank. Den Situationen nicht gewachsen. Sich heutzutage einem privaten Glück hinzugeben ist eine Versuchung. Ich würde ständig zittern um unser Glück.«

Das junge Mädchen war ganz betroffen.

»Hast du diese Angst nicht?« fragte er.

»Nein, nein«, sagte sie, »ich weiß zwar, daß die Zeiten unsicher sind, aber man kann doch nicht aufhören zu leben.«

Darüber dachte Harald ein paar Tage nach.

Dann sagte er: »Wenn du willst, dann heiraten wir. Aber auf deine Verantwortung. Nicht, daß du mir später Vorwürfe machst.«

Sie beruhigte ihn in diesem Punkt.

Beklommen gab Harald sein Jawort.

Die Ehe ließ sich vielversprechend an. Es traf sich gut, daß er für eine Weile nachts anders beschäftigt war. Die Angst hatte keine große Chance, was sie nicht hinderte, da zu sein. Auch Angst ist zuweilen höflich.

Aber nach einer Zeit der Schicklichkeit machte sie sich wieder stärker bemerkbar, hockte sich ihm nachts auf die Brust und was dergleichen Scherze mehr sind. Er fuhr schweißgebadet auf. Und auch seine Frau konnte ihn nicht beruhigen.

Harald mochte nicht sagen, daß er auf die verborgenen Drohungen der Zeit lauschte. Er versäumte keine Zeitung, keine Nachrichtensendung. Und fasziniert beschäftigte sich seine Phantasie mit den Schreckensmeldungen, die sich in seiner Seele einnisteten auf der Suche nach einem Dauerplatz.

Zwei, drei Jahre vergingen.

Anneliese hatte wieder eine Phase besonderen Blühens und sah ihn zuweilen vorwurfsvoll an.

Er sagte bekümmert: »Ich weiß, meine Liebe, woran du denkst. Glaube nicht, daß ich selber nicht gern Kinder hätte. Ich mag Kinder. Und eigene Kinder, das muß das Schönste sein.«

»Und?« fragte sie, mit einer Spur von Zorn in der Stimme, gerade so viel, daß auch eine gewisse Weichheit neben dem Zorn Platz hatte.

»Ich habe Angst«, sagte Harald. »Mit Kindern nehmen wir eine große Verantwortung auf uns. In was für eine Welt werden sie hineingeboren! Es stellt sich die Frage, ob wir ihnen damit einen Gefallen tun. Mit Recht könnten sie uns, ihre Urheber, später fragen: Warum in diese Welt?«

»Man kann sie nicht besser machen, als sie ist«, sagte Anneliese etwas ungeduldig.

»Wir können nicht alles von ihnen fernhalten, nicht Verbrechen, nicht Krieg und Hungersnot. Was wenn neue Notzeiten kommen? Wenn die Umwelt zugrunde geht?«

Anneliese hatte keine rechte Antwort darauf, aber ein Mann hat gegen eine Frau, die sich in der wildesten Phase des Blühens befindet, keine Chance.

Seufzend sagte er: »Nun ja, ich begreife, daß zu einem erfüllten Leben Kinder gehören.«

In Gottes Namen also, dachte er.

So bekamen sie drei Kinder. Und zwar hintereinander, was für Annelieses Willenskraft spricht.

Die Kinder waren gesund und von beträchtlicher Lebensfreude. Anneliese war glücklich.

»Findest du es nicht schön?« fragte Anneliese. »Nun hat unser Leben einen Sinn.«

Dem wollte und konnte Harald nicht zustimmen. Die Kinder erfreuten ihn zwar, sie beschäftigten ihn, lenkten ihn ab, aber nachts kam das große Unbehagen wieder. Häufig wachte er auf, mit kleinen Schreckensschreien, und er genierte sich vor seiner Frau.

Er lebte mit seiner Angst allein, als habe er sich mit ihr eingeschlossen.

Harald studierte die internationale Lage. Ein Krieg hier, ein Krieg da. Da starben Leute vor Hunger, da wurden sie verfolgt und erschlagen. Attentate überall, Mord und Gewalt.

»Hör mal«, sagte Anneliese, »wir sollten uns jetzt ein Haus bauen.«

Harald sah sie fassungslos an.

»Ein Haus bauen?« staunte er, fügte dann hinzu: »Ich weiß, ich weiß, wir könnten es uns leisten. Ich habe nichts gegen ein Haus, nichts gegen einen Garten und nichts gegen eigenes Obst.«

»Aber?« fragte sie kriegerisch.

»Ich gebe ja nur zu bedenken«, sagte er, »wie unsicher die Zeiten sind. Jeden Augenblick kann etwas passieren. Wer will sich in diesen Zeiten mit Besitz belasten? Wir legen uns krumm, sparen uns das Geld vom Mund ab, nur um unter einem eigenen Kirschbaum zu sitzen. Und die Raketen sind schon auf uns gerichtet, die mit Feuer und Brand alles hinwegfegen werden.«

Und wieder sagte Anneliese: »Wir können ja nicht aufhören zu leben.«

Seufzend baute Harald ein Haus, im bitteren Zwiegespräch mit seiner Angst, die nachts wie immer neben seinem Bett saß.

Sie wird schon sehen, was sie davon hat, dachte er.

Sie bauten das Haus.

Harald hatte eine schwierige Zeit. Ein Haus wird nicht nur mit Geld gebaut, darüber verfügte Harald. Das Wichtigste, was gebraucht wurde, war Optimismus, etwa der, daß das Haus je fertig werden würde. Optimismus war nicht Haralds Sache.

Er litt ungeheuer, die Angst ging nun auch tagsüber nicht weg. Sie ging dicht hinter ihm. Mit der Hand konnte er sie greifen. Ihren Eiseshauch spürte er stets.

Das Haus wurde fertig, die Büsche ringsum blühten, und der Kirschbaum bog sich unter der Last der Früchte.

Die Kinder wuchsen heran, fühlten sich wohl in Haus und Garten.

Anneliese wirtschaftete herum, hatte alles im Griff, den Haushalt, die Kinder, das Leben.

Schade, dachte Harald, daß alles keinen Bestand haben wird. Ich habe mich an meine Frau gewöhnt, an meine Kinder, an mein Haus. Nun habe ich dies alles und liebe es. Und weiß nun, was ich verlieren kann.

Dieser Gedanke machte ihn ganz unglücklich, und nachts schweißgebadet aufzuwachen war nun ein fast lieber Brauch geworden.

So gingen die Jahre dahin, und eines Tages wurde Harald schwer krank.

Er lag im Sterben, und er wußte es, so wie seine Frau es wußte.

Und seine Frau sagte: »Da hast du nun gelebt und bist deine Angst nie losgeworden. Du siehst, wie unbegründet sie war. Deine Angst hat dich daran gehindert, dein Glück zu genießen.«

Harald war ganz verwundert, überdachte ihre Worte und sagte: »Ich glaube, du hast recht. Die Angst in allen Ehren, aber ich habe sie zu dicht herankommen lassen. Das war ein Fehler.«

Seufzend streckte er sich aus und genoß einen sonderbaren Zustand. Denn es ist logisch, daß ein Mensch, der im Sterben liegt, keine Angst vor der Zukunft mehr haben muß.

Ich erzähle diese Geschichte all denen, die von dunkler Furcht erfüllt sind. Ihre Furcht in allen Ehren, aber gelebt werden muß auch. Nicht wahr?

Liebesbriefe

Hans war achtzehn Jahre alt. Primaner. Chemie, Mathematik, Latein waren ihm langweilig geworden. Er begab sich auf ein ganz neues Gebiet. Auf das Gebiet der Liebe. Sein Schulheft bedeckte sich mit krausen Zeichen. Die Aufgaben an der Wand wurden unlösbar. Die Chemie entwich in einen blinden Nebel. Und alles wegen Angela.

Angela schrieb fabelhafte Aufsätze. Und dies hinderte Hans daran, ihr zu schreiben. Einmal hatte er ihr ein Huldigungsschreiben geschickt, aber sie strich die Fehler an und sandte es kühl zurück.

Hans hatte keine Ahnung von Liebesbriefen. Da wollte es der Zufall, daß er an den Schreibtisch seiner Mutter geriet. Er fand in einer Ecke gebündelt und verschnürt die Liebesbriefe, die der Vater der Mutter einst geschrieben hatte. Hans packte sie sorgfältig aus und las sie – Donnerwetter, dachte er nach einer Weile. Das hätte er dem Vater gar nicht zugetraut, der mittags so mürrisch am Tisch saß. Diese Empfindungen! Und jetzt kam ihm der erlösende Einfall.

Er schrieb die Liebesbriefe sauber ab und schickte sie nacheinander an Angela. Und Angela schickte sie ihm nicht zurück. Sie schob sie in die Seiten ihrer Schulhefte und las sie zwischendurch. Ja, das tat sie.

Dies bemerkte ausgerechnet der Religionslehrer, der über das Neue Testament sprach und mit hartem, schnellem Zugriff die Liebesbriefe in die Hand bekam.

Hans' Mutter wurde in die Schule zitiert. Vor Empörung zitternd sprach der Lehrer über die Verworfenheit dieser Briefe.

Die Mutter las schweigend, während Hans sie flehend ansah. Die Mutter hob den Kopf. Nachdenklich betrachtete sie ihren Sohn. Ihre Wangen röteten sich. Aber sie verriet nichts. Sie sah auch auf Angela, die bis zu den Haarwurzeln rot geworden war.

»Ach«, sagte sie leichthin zu dem Lehrer, »ich finde nichts dabei. Es sind wunderbare Briefe. Allerdings«, gestand sie seufzend, »kann man darüber den Kopf verlieren.« Und sie legte den Arm um Angela, und Hans lächelte.

Abends bekam der Vater ein großes gebratenes Kotelett. »Was soll das?« brummte er. »Mitten in der Woche? Ihr Frauen werdet nie gescheit.« Und aß es schweigend und las noch die Zeitung dabei. Die Mutter aber flüsterte etwas wehmütig dem Sohn zu: »Schreibe die Briefe ruhig weiter ab, Hans, du siehst, Vater hat gar nichts mehr damit zu tun.«

Nur ein paar alte Leute

Die beiden alten Leute gehen ganz langsam. Der Mann setzt behutsam seinen Stock voraus, und die kleine, schmale, zarte Frau stützt den Mann etwas. Die Sonne hat einen leichten farbigen Lichthauch über den Park gelegt. Etwas Regenwasser steht noch auf den Sandwegen.

Der alte Mann seufzt.

»Es ist doch anstrengend«, sagt er leise.

»Nein«, meint sie, »wir kommen gut vorwärts, ich bin froh, daß wir hinausgegangen sind. Oder fühlst du dich schwach?«

»Nein«, sagt er, »noch nicht.«

Er sieht sich um, und mit einem Seitenblick umfaßt er das Gesicht seiner alten Gefährtin. Sie hat ihre zarte, braune Haut noch. Diese Haut ist wie poliert. Ganz dünn an den Schläfen, wie Seidenpapier.

»Es ist unser alter Park«, sagt sie und lächelt ihn an. »Wollen wir uns setzen?«

»Noch nicht«, bittet er. Er weiß ja, sie hat eine besondere Bank. Hinten, nahe am Denkmal. Von drei Rotbuchen umstanden.

»Ich wollte dich auf Händen tragen«, sagt er und lächelt. »Weißt du noch?«

»Ja«, sagt sie, »und –?«

Er tastet mit dem Stock voraus. »Nun mußt du mich fast auf Händen tragen.«

Sie lacht etwas, und er lauscht ihrem Lachen nach. Es ist das alte, vergnügte, zauberhafte Gelächter, selbst wenn ihre Stimme dünner geworden ist.

»Doch«, sagt er, »seit drei Jahren bin ich ohne dich nichts mehr. Ohne dich wäre ich längst gestorben.«

»Nein«, sagt sie, »nein.«

Wieder lauscht er.

»Du sagst nein, wie du immer nein gesagt hast. Ich wollte zu Hause bleiben, und du sagtest nein. Ich glaube, wenn ich sterbe, sagst du noch nein.«

»Sage ich auch«, bestätigt sie lächelnd. Ihre weißen Haare wehen im leichten Wind.

»An diesen Frühling habe ich nicht mehr geglaubt«, murmelt er.

Sie weichen behutsam einer Wasserpfütze aus.

»Du warst immer die Stärkere«, sagt er und fühlt die Hand, die ihn leitet. »Ich wußte es nur noch nicht. Du warst es damals schon, als du noch ganz jung warst.«

»Denkst du noch daran?« Sie lächelt ihn an. Er lächelt zurück. Ihre Augen sind genauso braun wie früher, denkt er.

»Es ist ganz leicht, daran zurückzudenken«, sagt er. Er sieht über die große Parkwiese hinweg. »Ich kann mich noch an die Kleider erinnern, die du trugst.«

»Was war es?« fragt sie. Ihre alte Hand liegt ganz leicht und zart auf seinem Arm.

»Blauer Rock und weiße Bluse.«

»Aus dem Rock«, sagt sie, »bekam Inge später ein Kleid, weißt du noch?«

»Ja.«

Sie haben die Bank erreicht.

»Diesmal«, sagt der alte Mann, »haben sie sie rot gestrichen.«

»Aber es ist unsere alte Bank«, erwidert sie und setzt sich. Ihr Gesicht wendet sich ihm zu. Sie hat ein spitzes Kinn bekommen. Ihre Nase ist ganz fein, als sei die Haut über den blanken, schmalen Knochen gespannt. Ihre weißen Haare wehen. Sie sind wie Schnee.

»Du hättest den Hut mitnehmen sollen«, sagt er.

»Du weißt«, sagt sie, »daß ich Hüte nicht mag.«

»Natürlich weiß ich es«, sagt er liebevoll, »ich weiß es seit vierzig Jahren.«

Er seufzt. Die Sonne ist warm, und er hebt das Gesicht ein wenig. Er fühlt sich müde und möchte gern die Augen schließen.

Sie sagt: »Auf dieser Bank sagtest du vor vierzig Jahren, daß du mich liebst.«

Leise erwidert er: »Und damals hatte ich vom Leben noch gar keine Ahnung.«

Er schließt nun doch die Augen, aber er fühlt ihre Hand auf seinem Arm und hört ihren leichten Atem. Ein junger Mann, der mit seinem Mädchen den Weg entlangkommt, stockt mißmutig und ruft: »Unsere Bank ist besetzt!«

»Ein Liebespaar?« fragt das Mädchen.

»Nein«, ruft er, »es sind nur ein paar alte Leute …«

Nur ein kleines Telefongespräch

Charlotte hatte den Hörer abgenommen.

»Mein Mann ist nicht da«, sagte sie langsam, lauschte eine Weile und fühlte, daß ihr Herz klopfte. Die Stimme im Apparat zögerte.

»Verzeihen Sie bitte«, sagte die Stimme dann leise.

»Moment bitte«, sagte Charlotte hastig.

»Ja?« kam die Stimme halblaut.

»Ich weiß, wer Sie sind«, sagte Charlotte, »bitte hängen Sie nicht auf. Ich weiß, Sie sind in Versuchung aufzulegen, aber tun Sie es nicht –«

»Ja –« kam die Stimme, wiederum leise wie ein Hauch.

Charlotte bemühte sich, ganz unbefangen zu sprechen.

»Ich möchte Ihnen keine Vorhaltungen machen, ganz bestimmt nicht. Wenngleich ich seit Wochen weiß, daß Sie mit meinem Mann – sagen wir, befreundet sind.«

Die Stimme schwieg.

»Ja, ich weiß es –« fuhr Charlotte munter fort, »mein Mann hat es mir erzählt. Wir sind in diesem Punkt sehr ehrlich zueinander. Er lernte Sie kennen, und er sagte es mir gleich.«

»So –« sagte die ferne Stimme ganz leise.

»Ja –« erwiderte Charlotte lächelnd, obwohl sie fühlte, daß ihre Hand feucht war von Schweiß, »er beschrieb Sie mir genau, die Art, wie Sie die Haare tragen, wie Sie sich bewegen und wie Sie sprechen. Ich kenne Sie nicht persönlich, aber ich kann mir gut vorstellen, wie Sie aussehen.«

»Er – er hat darüber gesprochen?« stammelte die Stimme.

»Es ist nichts Ungewöhnliches«, sprach Charlotte weiter, »Sie wissen nicht, wie wenig Geheimnisse man voreinander hat, wenn man fast zwanzig Jahre miteinander verheiratet ist. Ich wollte nur sagen –« fuhr Charlotte hastig fort, »ich habe nichts dagegen, daß Sie sich mit ihm treffen. Er hat Sorgen im Geschäft und braucht eine Art Entspannung. Sie sind jung und fröhlich. Sie haben eine wundervolle Unbefangenheit. Es wirkt ansteckend. Ich bemerke es jedesmal, wenn er nach einem Zusammensein mit Ihnen nach Hause kommt.«

Die Stimme im Apparat schwankte ein wenig. »Verzeihen Sie bitte –«

Aber Charlotte unterbrach sie gleich: »Nein, nein. Sie brauchen sich nicht zu entschuldigen. Ich freue mich darüber. Sie sollten Konzerte mit ihm besuchen. Er liebt Musik und ist dabei bei mir nie auf Gegenliebe gestoßen. Ich persönlich finde Opern langweilig. Waren Sie schon einmal zusammen in einem Konzert?«

»Ja –« hauchte die Stimme.

»Das ist schön«, sagte Charlotte. »Und Sie sollten auch einmal mit ihm zum Tanzen gehen. Ich weiß, daß er es liebt. Nur –« ihre Stimme wurde eindringlich, »achten Sie darauf, daß er sich nicht erkältet. Er ist gegen Zug empfindlich. Er war es immer. Ich weiß es.«

Die Stimme schwieg weiter.

Charlotte fragte: »Soll ich noch etwas ausrichten?«

»Nein, nein –« hauchte die Stimme zurück, »danke schön.«

Der Hörer klickte leise, gerade in dem Augenblick, als Charlottes Mann hereinkam.

»War etwas?« fragte er.

»Nein –« sagte Charlotte, »nichts Wichtiges.«

Malvin sucht eine Frau

Malvin verlangsamte seinen Schritt. Wieder hielt er vor dem Haus und besah nachdenklich das Schild »Kröger, Eheanbahnungen«. Seit Tagen ging er an der Tür dieses Hauses langsamer vorbei, gleichsam wartend auf eine Art inneren Befehl, nämlich in dieses Haus hineinzugehen.

Heute tat er es, fast zu seiner eigenen Überraschung. Die Stille des Hausflurs umfing ihn, so als würde ihm Gelegenheit gegeben zu einem Augenblick letzter Besinnung.

Er seufzte ein wenig und ging dann langsam die Treppe hinauf.

Im Halbdunkel des Treppenhauses suchte er das Schild »Kröger, Eheanbahnungen«, fand es und drückte, nun doch entschlossen und mit einem Mut, den er zu seiner Überraschung genoß, auf die Klingel.

Die Tür wurde automatisch geöffnet.

Malvin trat ein, fand sich in einer Diele mit mehreren Türen.

»Die erste Tür rechts«, rief eine weibliche Stimme, die einen angenehmen Eindruck machte. Sie klang warm, herrlich jung. Malvin nahm die erste Tür rechts und befand sich in einem Büroraum, den man erst auf den zweiten Blick als solchen erkannte.

Eine junge Dame saß in einem Sessel, hatte Akten vor sich, die sie jetzt beiseite legte.

Sie stand auf, ein wenig federnd, nach Art junger Leute, die irgendeinen Sport betreiben, wahrscheinlich Tennis, denn sie hatte eine kräftige Hand, wie ihr Händedruck verriet. Die junge Dame sah Malvin offen an, mit einer Direktheit, die ihm unangenehm war, wenigstens in diesem Augenblick.

»Sie wünschen?« fragte sie.

»Eheanbahnungen?« fragte Malvin. »Ich bin doch richtig hier?«

»Ja«, sagte die junge Dame und lachte, »aber ich muß Ihnen etwas erklären. Ich habe dieses Geschäft von meiner Mutter übernommen, die sich zurückgezogen hat, krankheitshalber. Ich bin gerade dabei, mich einzuarbeiten.«

»Ah so«, sagte Malvin fast erleichtert, »dann komme ich bei Gelegenheit mal wieder vorbei.«

»Nein, nein«, sagte die junge Dame lebhaft, »ich bin froh, daß ich gleich mit der Praxis vertraut gemacht werde. Kommen Sie, nehmen Sie Platz. Wollen Sie einen Kaffee haben?«

Malvin lächelte: »Es würde mir eine gewisse Befangenheit nehmen.«

»Die Sie haben?« Sie sah ihn neugierig an.

»Was doch wohl verständlich ist«, sagte Malvin und beteuerte: »Ich bin mit allem Vorbehalt hier. Ich will mich nur mal informieren.«

»Das verstehe ich«, sagte die junge Dame, ging an eine Tür, öffnete sie: »Fräulein Six.«

Eine ältere Frau erschien, sie war hager, hatte einen langen, dürren Oberkörper, den sie etwas gebeugt hielt. Sie warf Malvin durch ihre Brille einen schnellen Blick zu.

»Ein Herr, der unsere Dienste in Anspruch nehmen möchte. Machen Sie uns einen Kaffee?«

»Ja, gerne«, sagte Fräulein Six und ging zurück in ihr Büro. »Unsere Sekretärin«, sagte die junge Dame, »sie ist schon zwanzig Jahre im Geschäft und kennt sich genau aus.«

Malvin murmelte: »Aber sie selber hat von den Möglichkeiten ihres Berufes noch keinen Gebrauch gemacht.«

»Wie?« fragte die junge Dame verwundert und lachte dann: »Ah so, ja, Fräulein Six ist unverheiratet. Mir ist das noch gar nicht aufgefallen.«

Sie sah ihn unbekümmert an: »Aber ich bin es auch noch nicht, was Sie hoffentlich nicht gegen unser Institut einnimmt.«

Fräulein Six kam wieder herein und musterte Malvin erneut mit einem kühlen und sehr beruflichen Blick.

»Der Kaffee ist gleich fertig«, sagte sie, »können wir die Personalien aufnehmen? Wie heißen Sie?«

»Mein Name ist Malvin, Johannes Malvin.«

»Wie alt sind Sie?«

»Vierundvierzig Jahre.«

»Sie waren schon einmal verheiratet?«

»Ja, drei Jahre.«

»Sie sind Witwer?«

»Nein, meine Frau hat mich verlassen.«

»Die Gründe?«

»Spielt das hier eine Rolle?« fragte Malvin.

Die junge Dame mischte sich ein. »Nein, nein, schon gut, Fräulein Six. Gehen Sie nur. Bringen Sie uns den Kaffee. Ich mach' das hier weiter.«

»Die Gründe spielen sehr wohl eine Rolle«, widersprach Fräulein Six, »möglicherweise waren da Aggressionen im Spiel, die wir in den Computer geben müssen.«

»Bitte, Fräulein Six«, rief die junge Dame, »irgendwann muß ich ja anfangen, mich einzuarbeiten.«

Widerwillig entfernte sich Fräulein Six.

»Computer?« fragte Malvin besorgt.

»Ja«, gab die junge Dame lachend zu, »wir haben da so ein Ding. Man gibt menschliche Eigenschaften und Wünsche hinein, drückt auf einen Knopf, und heraus kommt eine Archivnummer.«

»Eine Archivnummer?«

»Ja, wir haben ein Riesenarchiv mit Fotos von Damen und Herren. Man braucht nur ein Fach aufzuziehen, und schon hat man den idealen Partner.«

Fräulein Six, sichtlich verärgert, brachte den Kaffee, taxierte Malvin noch einmal und entfernte sich.

»Lassen Sie mich mal fragen«, sagte die junge Dame, »es stört Sie doch hoffentlich nicht, wenn ich mir Notizen mache?«

»Nein, nein«, beteuerte Malvin.

»Ich fange einfach irgendwie an«, sagte die junge Dame, krauste die Stirn und betrachtete Malvin nachdenklich.

»Warum wollen Sie sich wieder verheiraten?«

Malvin dachte eine Weile nach und murmelte dann: »Ich glaube, weil ich mich einsam fühle.« Lebhafter fuhr er fort: »Ich muß das erklären. Es ist nicht die gewöhnliche Einsamkeit, etwa, daß ich zu Hause sitze und nicht wüßte, wie ich mir die Zeit vertreiben soll. Ich vertreibe mir die Zeit ununterbrochen. Ich rase förmlich von einer Unterhaltung zur anderen. Also, an Abwechslung fehlt es mir nicht.« Er sah sie an. »Können Sie was damit anfangen?«

»Sie fühlen sich trotzdem einsam?«

»Ja«, murmelte Malvin, »die ganzen Ereignisse, Erlebnisse verdecken nur etwas. Nachts weiß ich plötzlich, daß ich allein bin.« Er lächelte schwach: »Ich fühle mich von all den Ereignissen, Erlebnissen aufs Kreuz gelegt.«

»Aufs Kreuz gelegt?« wunderte sich die junge Dame.

»Nun ja«, meinte Malvin, »das hektische Leben verhindert etwas. Es verhindert, daß ich erfahre, wer ich bin.«

»Nanu«, wunderte sich die junge Dame erneut, »wenn Sie verheiratet wären, würden Sie eher erfahren, wer Sie sind?«

»Aber ja«, sagte Malvin fast eifrig, »überlegen Sie doch mal: Die Gesellschaft will gar nicht wissen, wer Sie sind. Aber wenn Sie einen Menschen an Ihrer Seite haben, dem können Sie nicht ausweichen und sich selber auch nicht.« Er suchte nach Worten: »Das Leben außen ist unverbindlich, unpersönlich, das Leben innen, das Leben zu zweit, betrifft Ihre Persönlichkeit, die man nur so erfahren kann.«

»Na, hören Sie mal«, rief die junge Dame.

»Nicht einverstanden?«

»Ich überlege«, erklärte die junge Dame, »Sie meinen, in der Ehe erfährt man, wer man ist. Und ist es das, worauf es Ihnen ankommt?«

»Aber natürlich. Wollen Sie sterben, ohne je genau gewußt zu haben, wer Sie sind?«

»Sie machen mich ganz verwirrt«, rief die junge Dame, »bisher dachte ich, daß die Gründe zur Ehe ganz sachlich sind, etwa daß man Kinder haben will oder sein Essen, seine Ordnung, seine Ruhe.«

»Das alles auch«, sagte Malvin, »aber das Wesentliche ist die gegenseitige Erfahrung. Man erfährt, erkennt, liebt in einem Menschen alle Menschen. Ich sehe darin fast die einzige Möglichkeit.«

»Alle Menschen kennenzulernen?«

»Ja«, sagte Malvin fest.

»Hm«, meinte die junge Dame fast ein wenig ärgerlich, »alles, was Sie da sagen, interessiert, fürchte ich, den Computer nicht.« Sie überlegte, fuhr dann energisch fort: »Mal ganz sachlich, wie würden Sie Ihre Frau behandeln?«

Malvin überlegte lange und sagte dann zögernd, aber mit fester Stimme: »Mit äußerster Behutsamkeit.«

»Was verstehen Sie darunter?«

»Ich verstehe darunter, vorsichtig zu sein mit Worten. Mit Worten kann man töten wie mit einer Pistolenkugel, allerdings viel unauffälliger und ohne daß man dafür bestraft wird.«

»Und Sie erwarten, ebenso behutsam behandelt zu werden?«

»Ja, natürlich.«

»Also sagen Sie mal«, rief die junge Dame fassungslos, »verlangen Sie denn gar nicht, daß Ihre Frau hübsch ist, jung ist, blond ist oder schwarz, daß sie Sport treibt oder Lust hat zu wandern?«

»Wie?« wunderte sich Malvin, sah das junge Mädchen verdutzt an, schüttelte dann den Kopf und sagte unsicher lächelnd: »Jetzt irritieren Sie mich.«

»Der gegenseitige behutsame Umgang miteinander steht bei Ihnen also an erster Stelle.«

»Ja«, sagte Malvin zögernd, als bedaure er, nichts Besseres sagen zu können. Er fühlte sich verpflichtet, noch etwas hinzuzusetzen: »Der behutsame Umgang miteinander erzeugt

Vertrauen und im Vertrauen eine besondere Art von innerer Ruhe, und mit der inneren Ruhe erfährt man mehr vom eigentlichen Leben, das sich sonst ja nur« – er zögerte, fuhr ein wenig matter fort – »an der Oberfläche abspielt.«

Das junge Mädchen kaute ratlos an ihrem Bleistift und klagte: »Sie sehen, ich habe mir keine Notizen gemacht. Ich wüßte nicht, welche.«

»Ich hätte nicht kommen sollen«, gab Malvin zu, »bitte, nehmen Sie mir nicht übel, daß ich Ihnen Ihre Zeit gestohlen habe.«

Sie stand auf. »Ich habe einfach noch keine Erfahrung, ich werde Fräulein Six holen.«

»Nein, nein, lieber nicht«, sagte Malvin so erschrocken, daß die junge Dame lachte.

»Gut«, sagte sie, »aber geben Sie mir Ihre Adresse und Ihre Telefonnummer, ich lasse mir Ihren Fall durch den Kopf gehen.«

Malvin verabschiedete sich und ging nach Hause.

Er hatte den Besuch beim Eheanbahnungsinstitut schon fast vergessen, als das Telefon klingelte.

»Kröger«, meldete sich die junge Dame, »ich glaube, ich habe etwas für Sie. Darf die Dame Sie aufsuchen?«

»Natürlich«, sagte Malvin überrascht, »Sie haben wirklich jemanden gefunden?«

»Nicht im Computer«, erklärte die junge Dame und lachte: »Der konnte mit Ihrer Behutsamkeit nichts anfangen. Darf die Dame gegen sechs bei Ihnen sein?«

»Ja, bitte«, antwortete Malvin ein wenig beklommen. Um sechs klingelte es. Malvin ordnete Frisur und Atem, öffnete die Tür.

Die junge Dame stand vor ihm.

»Oh«, sagte Malvin, »Ihre Dame kommt nicht?«

»Ich bin die Dame«, sagte das junge Mädchen und hatte ein kleines Vibrieren in der Stimme. »Was Sie sagten, hat mich so überzeugt, daß ich selbst …«

Sie sah ihn flehend an. »Bitte –« flüsterte sie, »fangen Sie gleich an, mit mir behutsam zu sein.«

Malvin lächelte überrascht und sagte dann: »Bitte, kommen Sie herein.«

Dreimal auf die Probe gestellt

Du weißt«, sagte Annemarie, »ich kenne Hugo nun seit einem Jahr. Er beteuert, daß er mich liebt. Sein Leben, sein Herz, sein Wesen, alles läge offen vor mir. Aber ich frage dich: Kennt man einen Mann genau?«

»Nie genau genug«, antwortete Lotte.

»Er will mich heiraten«, fuhr Annemarie fort, »und da er gut aussieht, in geordneten Verhältnissen lebt – und immerhin auch, weil ich ihn ebenfalls liebe, habe ich mir reiflich überlegt, ob ich nicht ja sagen soll.«

»Und?«

»Hör zu«, sagte Annemarie, »ich dachte mir, ich stelle ihn dreimal auf die Probe. Wenn er sie besteht, ist alles in Ordnung.«

»Du stelltest ihn auf die Probe?« fragte Lotte neugierig. »Wie hast du das gemacht?«

»Ganz einfach«, sagte Annemarie, »ich lud ihn ein und brachte ihn mit Lu zusammen. Du kennst Lu.«

»Natürlich kenne ich sie. Eine hübsche, eine charmante Frau. War es nicht gefährlich, ihn mit ihr zusammenzubringen?«

Annemarie lächelte. »Deswegen habe ich es gemacht.«

»Ich begreife«, lächelte auch Lotte, »das war die erste Probe, die er bestehen sollte.«

»Ja. Lu kam. Sie sah toll aus. Sie ist ja schlank wie eine Tänzerin, das muß ihr der Neid lassen.«

»Ich bewundere dich.«

»Lu sah an jenem Abend besonders bezaubernd aus. Sie trug ein eng anliegendes Kleid. Sie lächelte so aus den Augenwinkeln heraus, sie tanzte und schmiegte sich an ihn, sie war einfach wundervoll.«

Lotte seufzte. »Deinen Mut möchte ich haben.«

Annemarie sah nachdenklich vor sich hin.

»Die Einladung fand bei mir statt, und er brachte sie schließlich nach Hause.«

»Wie benahm er sich?« rief Lotte voller Spannung. »Bestand er die Probe?«

Annemarie lachte.

»Ich stand oben im Treppenhaus, als er sie runterbrachte. Ich war kaum aus dem Blickfeld, da küßte er sie.«

Lotte wagte kaum zu atmen.

»Kommen wir zur zweiten Probe«, sagte Annemarie heiter. »Wir besuchten beide ein Fest. Wir waren eingeladen, es gab zu trinken, man aß gut und man tanzte. Die Stimmung war schnell auf dem Höhepunkt. Ich sagte, mir sei schlecht, begreifst du?«

»Oh«, rief Lotte, »ich begreife, du bist schlau wie eine Schlange.« Sie blickte Annemarie gespannt an. »Bestand er die Probe?«

Annemarie sagte lächelnd: »Er meinte, warum denn? Was denn? Schon so früh? Er weigerte sich rundheraus, das Fest zu verlassen, und als ich darauf bestand, brachte er mich schließlich nach Hause, sprach unterwegs kein Wort mit mir und war böse.«

Lotte schüttelte den Kopf. »Und die dritte Probe?«

»Ich bat ihn, mir Konfekt zu holen. Es gebe in diesem Geschäft, zu dem ich ihn schickte, drei Kästen. Einer davon gefiele mir am besten. Ich könne aber nicht mehr sagen, welcher es sei.«

»Und?« fragte Lotte.

Annemarie lächelte wiederum. »Er brachte – den billigsten.«

Lotte sah ihre Freundin Annemarie kummervoll an.

»Du hast ihn natürlich laufenlassen?« rief sie.

»Wie?« sagte Annemarie verdutzt. »Wieso? Ich heirate ihn morgen.«

Lotte rief: »Aber er hat doch nicht eine einzige Probe bestanden!«

Annemarie sagte verwundert: »Er hat sie alle bestanden. So weiß ich doch nun wenigstens genau, daß ich einen ganz normalen Mann bekomme!«

Ein erstklassiges Mietshaus

Vielleicht interessiert es euch zu erfahren, wie es in unserem Haus zugeht. Es ist ein vierstöckiges Haus mit vierundzwanzig Parteien. Aber Sie werden ja sehen.

Wir beispielsweise frühstücken morgens mit Herrn Brauer zusammen. Brauer ist Straßenbahnschaffner und muß ziemlich früh weg. Meine Mutter macht Herrn Brauer das Frühstück, denn Frau Brauer liegt im Krankenhaus.

»Was sollen Sie sich allein mit dem Frühstück abquälen«, hat meine Mutter gesagt, »solange Ihre Frau weg ist, frühstücken Sie bei uns.«

Herr Brauer ist sehr höflich. Wir stehen alle morgens eine Stunde früher auf, weil Herr Brauer nicht allein frühstücken soll. Wir scherzen schon um sechs Uhr morgens.

Herr Brauer macht übrigens Laubsägearbeiten.

Meine kleine Schwester Hanni bekommt eine Puppenstube von ihm, die sich sehen lassen kann.

Frau Weber, die unter uns wohnt, ist schon ganz aufgebracht, daß Herr Brauer bei uns frühstückt. Sie soll gesagt haben: »Wie sieht das aus, daß er nur bei Zampettas frühstückt. Ab nächster Woche muß er zu mir kommen und frühstücken.« Frau Weber macht die Wäsche für Brauers, und Frau Leonhard putzt die Wohnung. Nachmittags sind wir meistens im Krankenhaus, um Frau Brauer zu besuchen.

Der Hauswirt hat sich bereit erklärt, von Brauers für diesen Monat keine Miete zu verlangen.

»Der arme Kerl hat genug Ausgaben«, sagt unser Hauswirt, »in was für einen Ruf käme ich, wollte ich ihm noch die Miete abverlangen.«

Unterm Dach wohnt die Witwe Schulz. Sie hat vier Kinder, und die Frauen des Hauses haben sich vorige Woche zusammengetan, Stoffe hervorgesucht und machen gemeinsame Nähstunden.

»Die Kinder der Frau Schulz sollen anständig herumlaufen«, heißt es, »sie wohnt nun mal in diesem Haus, und wir sind dafür verantwortlich.«

Hier muß ich allerdings unbedingt einfügen, daß unser Untermieter arbeitslos wurde. Der arme Kerl war ganz verzweifelt. So etwas dulden wir in unserem Hause nicht. Wir haben einen Plan aufgestellt. »Herr Göbel hat keine Arbeit«, sagten alle, »jetzt müssen wir sehen, daß er den Kopf nicht hängen läßt.«

Er ißt umschichtig bei allen zu Mittag und zu Abend, so daß er wenigstens damit keine Ausgaben hat. Die Männer nehmen ihn mit zum Biertrinken und sprechen ihm Mut zu. Herr Göbel freut sich. Es sieht so aus, als bekomme er wieder Arbeit.

Er hat erklärt: »Laßt mich erst mal wieder Geld verdienen, ich werde schon alles gutmachen.«

Die Geburtstage der Hausbewohner sind übrigens alle gut vermerkt. Jeder wird gefeiert, und für solche Zwecke stellt der Hauswirt sein Zimmer zur Verfügung, denn er hat das größte.

In einem Hinterzimmer wohnt Fräulein Bock. Wir haben

jetzt erst herausgekriegt, daß sie seit Jahren spart, um ihre Mutter zu besuchen.

Wir haben vielleicht mit ihr geschimpft! Sie hätte doch nur einen Ton zu sagen brauchen. Der Herr im ersten Stock, ein gewisser Becker, ist Vertreter und viel unterwegs. Der war geradezu wütend. »Fräulein Bock«, erklärte er, »dreimal im Monat fahre ich diese Strecke. Sie brauchen nur ein Wort zu sagen, und ich bringe Sie hin.« Heute morgen ist Fräulein Bock abgefahren. Wir haben ihr ein Paket gemacht, das sie ihrer Mutter mitbringen soll.

Wir sind übrigens gespannt, was Oma sagen wird. Oma heißt bei uns Frau Wilke. Sie wohnte bis heute im vierten Stock. Aber wir haben gesehen, welche Mühe es ihr macht, die Treppen zu steigen. Der Hauswirt kam von selbst darauf.

»Kinders«, sagte er, »ich habe Oma gesehen. Sie braucht eine halbe Stunde, um in ihr Zimmer zu kommen, und ist ganz außer Puste. Ab morgen wohnt sie unten. Meine Tochter ist jung. Die kann ruhig in der Mansarde wohnen.«

Bis hierhin war ich gekommen, dann las mein Vater über meine Schulter hinweg, was ich geschrieben hatte.

»Bist du verrückt«, sagte er, »was für Märchen schreibst du denn da?«

»Ist es denn nicht schön?« fragte ich.

»Schön wohl«, sagte er, »aber nicht wahr.«

Ja, und das frage ich jetzt: Warum bringen wir es nicht dazu, das, was wir schön finden, auch wahr zu machen?

Häuser und Nachbarn gibt's doch überall.

Ein eigenartiger Liebhaber

Ich weiß, daß ich hier eine ganz merkwürdige Liebesgeschichte erzähle, aber ich glaube, daß die wirklichen Liebesgeschichten immer sonderbar und manchmal unbegreiflich sind.

Da war also ein Mann, dessen Vorstellung vom Leben etwas traumhaft war. Er war Maler oder Schauspieler, ich weiß nicht mehr genau, was er machte. Ich weiß nur, daß er in seiner Phantasie mehr zu Hause war als im Leben, obwohl das Umgekehrte besser für ihn gewesen wäre. Er war verheiratet und hatte drei Kinder. Ziemlich kleine Kinder.

Dieser Mann nun besaß nicht die Begabung, glücklich zu sein, außer in seinen Träumen, und die machten ihm ein ganz anderes Leben begehrenswert, ein Leben in Freiheit und Schönheit, in Eleganz und Sorglosigkeit.

Er bewohnte eine sehr kleine Wohnung, die erfüllt war vom Küchendunst. Das Geschrei der Kinder störte ihn, es störte ihn auch seine Frau, die in der Küche stand, herumwirtschaftete und nüchtern und ohne große Aufregung das jeweils Nötige tat.

Sie hat keine Phantasie, dachte Rudolf. Sie funktioniert, das ist wahr. Sie verhindert den Zusammenbruch dieser kleinen, bedrängten Welt. Aber sie tut es so, daß kein Charme erkennbar ist.

Rudolf war nicht undankbar. Er dachte: Sie erträgt das Leben, weil sie nicht sensibel ist. Ich hingegen bin sensibel, die Traurigkeit der Lebensverhältnisse richtet in meinem Inneren Zerstörungen an, mit denen ich nicht fertig werde.

Rudolf lernte eines Tages ein junges Mädchen kennen. Es versuchte, einen Wagen anzulassen. Aber der Motor sprang nicht an.

Nun war dieses Mädchen ungewöhnlich hübsch, groß, schlank, mit langen blonden Haaren. Sie trug ein Kleid, das leicht und farbig war und von unaufdringlicher Eleganz.

Es gab Rudolf einen kleinen Stich mitten ins Herz, als er sie sah.

Irgendwas in ihm sagte sofort ja. Er wußte nicht recht, wozu sein Inneres ja sagte, aber dieses Ja war unüberhörbar. Rudolf trat auf das Mädchen zu und fragte, ob er ihr helfen könne.

»Sind Sie Mechaniker?« fragte das Mädchen. Ihre Stimme vervollständigte den Eindruck, den er hatte, eine weiche, melodische, traumhafte Stimme.

»Nein«, sagte Rudolf wahrheitsgemäß, »aber ich verfüge über ein Abschleppseil.« Das junge Mädchen willigte ein. Rudolf bugsierte seinen Wagen heran, befestigte das Seil und schleppte den Wagen des Mädchens mitsamt Mädchen ab.

Was für eine Begegnung, dachte Rudolf und wußte sofort: Sie ist schicksalhaft.

In der Werkstatt hatte man nicht sofort Zeit, den Wagen des jungen Mädchens zu reparieren, so daß sich für Rudolf die Gelegenheit bot, dem jungen Mädchen seinen Wagen und sich selbst als Chauffeur anzubieten.

»Ich bin Ihnen so dankbar«, sagte das junge Mädchen, »Sie opfern Ihre Zeit für mich.«

Rudolf beteuerte, daß er sich nicht vorstellen könne, von seiner Zeit einen besseren Gebrauch zu machen. Er lachte, er zeigte ganz offen seine Bewunderung und scheute sich nicht, im Verlauf des Gesprächs zu erwähnen, daß er diese Begegnung schicksalhaft fand.

Das junge Mädchen schien ähnlich zu empfinden. Sie war aufgeschlossen, herzlich, die Wärme in ihren Blicken tat Rudolf wohl.

Sie sahen einander in die Augen, und Rudolf seufzte: »Mein Gott.«

»Nicht wahr«, sagte das Mädchen leise und mit traumhaftem Lächeln, »es ist etwas passiert.«

Wie sie es ausdrückt, dachte Rudolf, völlig überflutet von einem Gefühl, von dem er wußte, daß er es schon lange erwartet hatte.

Rudolf und Dagmar beschlossen, einander wiederzusehen. Sie trafen sich mehrere Male, und der Eindruck, den Rudolf von ihr hatte, verstärkte sich. Er hatte die Frau seines Lebens gefunden. Die Frau, die ihn verstand, mit der zusammen er träumen konnte.

Dagmar hatte keine großen Sorgen, sie war unabhängig, heiter, phantasievoll.

»Wir haben uns gefunden«, sagte das Mädchen, und Rudolf nickte. »Ja«, sagte er, »ich habe gefunden, was ich gesucht habe.«

Sie sahen einander liebevoll an. Dann gestand Rudolf, daß er verheiratet war.

»Ich habe es mir gedacht«, sagte Dagmar, »aber nun wirst

du dich von deiner Frau trennen. Wir werden zusammenleben und miteinander glücklich sein.«

»Auch ich liebe dich«, sagte Rudolf, »ich kann mir nichts Schöneres vorstellen, als ständig mit dir zusammenzusein.« Er machte eine Pause, zögerte ein wenig.

»Aber?« fragte Dagmar.

»Ich habe drei Kinder«, sagte Rudolf, »es wird nicht einfach sein.«

Dagmar verstand ihn, drückte seine Hand, küßte ihn und sagte: »Ich warte, bis du alles geregelt hast.«

Wieder wußte Rudolf, was er an seiner Geliebten hatte. Dieses Verständnis.

Er ging nach Hause. Der Küchendunst umfing ihn wieder und das Geschrei der Kinder. Seine Frau kämpfte gleichsam mit der Lebensmaterie, die Haare aufgelöst, nüchtern wie immer darauf bedacht, das Nächstwichtige zu tun.

Rudolf fand den Augenblick nicht günstig, seiner Frau zu sagen, welchen Entschluß er gefaßt hatte. Auch hatte er die

Kraft nicht. Wurde er doch gleich einbezogen in die Betriebsamkeit seines Haushalts, und ehe er zur Besinnung kam, war der Moment dahin.

Bei der nächsten Gelegenheit erklärte Rudolf dies seiner Freundin. »Weißt du«, sagte er, »es gehört ein gewisser Mut dazu, anderen Leuten etwas zu sagen, was sie sicher als unangenehm empfinden werden. Bitte«, Rudolf sah Dagmar herzlich an, »ich kann es ihr noch nicht sagen. Noch nicht jetzt.«

»Warum nicht?« fragte das junge Mädchen.

»Du müßtest sehen, wie wir wohnen«, erklärte Rudolf, »wir leben in einer Zweizimmerwohnung, und das bedeutet: nicht in sehr guten Verhältnissen. Ich denke, ich kann niemanden im Elend zurücklassen.« Er sah Dagmar besorgt an. »Du verstehst?«

Das Mädchen zögerte eine Weile, sah ihn aufmerksam an. »Aber du liebst mich?« fragte Dagmar.

»Ich liebe dich«, antwortete Rudolf, »natürlich liebe ich dich. Aber sie müssen eine bessere Wohnung haben, die äußeren Umstände sollten geordnet sein.«

Dagmar umarmte Rudolf, küßte ihn und sagte: »Das sehe ich ein. Du bist äußerst rücksichtsvoll. Es ist eine vornehme Art zu denken.« Sie nickte ihm zu: »Besorge ihnen eine bessere Wohnung.«

Rudolf legte sich ins Zeug. Er war ein guter Buchhalter, machte Überstunden, überlegte sich ein paar Neuerungen, die den Profit der Firma erhöhten, was sich auch für Rudolf auszahlte, kurz: Er schaffte es, die Familie konnte sich eine größere Wohnung leisten, die äußeren Verhältnisse besserten sich.

Auch Dagmar freute sich über den Erfolg.

»Wie ist es nun? Hast du es ihr gesagt?« fragte sie Rudolf.

Rudolf zögerte ein wenig. »Es ist alles nicht so einfach«, murmelte er, »sie haben eine bessere Wohnung, womit das Wichtigste geschafft ist. Aber die Kinder kommen jetzt in ein Alter, in dem sie in kürzester Zeit aus allem herauswachsen. Ich hätte es nicht für möglich gehalten, was Kinder für Kosten verursachen. Es ist unglaublich. Weißt du«, er sah seine Geliebte flehend an, »ich will nicht der Schuft sein, der sie in diesem Augenblick im Stich läßt.«

Dagmar beugte sich vor, küßte ihn und sagte: »Wenn dich jemand versteht, dann bin ich es. Und ich weiß die Gründe zu schätzen, die dich so handeln lassen.« Sie seufzte ein wenig. »Sag nur, wenn du soweit bist.«

Rudolf zog sie an sich, er wußte nun einmal mehr, was für einen Schatz er in Dagmar hatte, atmete tief auf: »Es wird schon werden. Solche Entscheidungen kann man nicht von heute auf morgen treffen.«

Rudolf arbeitete also weiter. Es kam zu kleinen, schrittweisen Aufstiegen in der Firma.

Es gelang ihm, seine Kinder besser zu kleiden.

»Weißt du«, sagte Rudolf, »schon Kinder unterliegen dem Lebensgesetz der Konkurrenz. Meine Kinder sollen im Äußeren nicht abfallen.«

»Das hast du jetzt geschafft«, sagte Dagmar und freute sich mit ihm. »Jetzt kannst du es deiner Frau sagen.«

»Ja«, nickte Rudolf, »ich glaube, der Augenblick, auf den wir so lange gewartet haben, nun ist er gekommen.«

Dagmar und Rudolf umarmten sich. Ihre Liebe zueinander war stärker denn je.

Rudolf ging nach Hause.

Die Verhältnisse hatten sich in der Tat gebessert. Die Wohnung war groß, hell, mit Geschmack eingerichtet. Die Kinder waren zu Hause. Eins der Kinder spielte Klavier. Rudolf hatte ein gebrauchtes Klavier gekauft. Die anderen beiden machten Schulaufgaben.

Sie saßen über ihre Hefte gebeugt, und Rudolf wurde gleich in Beschlag genommen, um eine Lösung zu finden für eine vertrackte mathematische Aufgabe.

Rudolf hatte den ernstlichen Vorsatz gehabt, nun reinen Tisch zu machen, wie er es nannte. Aber der Moment, der Startmoment, war dahin.

Etwas bekümmert traf er sich mit Dagmar, die ihm heiter entgegenkam.

»Ist es nun soweit?« fragte sie.

Rudolf fühlte sich nicht ganz wohl. »Es sind da neue Überlegungen aufgetaucht«, sagte er, »sie sind finanzieller Art. Was gebe ich ihnen?«

»Aber«, sagte Dagmar, »das ist doch eine Sache der Verhandlung, möglicherweise des Gerichts.˜

Rudolf murmelte: »Das ist doch keine Sache, die ich fremden Leuten überlasse. Kein Gericht kann mir sagen, was ich meiner Familie geben muß, damit sie ihren sozialen Status nicht verliert. Weißt du«, setzte er lebhaft fort, »sie sollen es ja nicht schlechter haben. Sie haben alle viel durchgemacht und nun endlich Fuß gefaßt.«

Dagmar antwortete nicht, sah ihn schweigend an.

»Du verstehst mich nicht?« fragte Rudolf und wurde eifriger: »Ich habe folgende Idee: Ich lege Geld zurück, bis ich einen Betrag zusammen habe, mit dem sich ein Jahr ohne

Sorgen leben läßt.« Matt murmelte er: »Es gibt ja immer Schwankungen im Verdienst. Ich sollte die Familie keinem Risiko aussetzen.«

Immer noch schwieg Dagmar.

»Was denkst du?« flehte Rudolf.

Und Dagmar sagte: »Ich will dir sagen, was ich denke. Ich denke, du willst dich gar nicht von deiner Familie trennen. Du willst es nicht, weil du es nicht kannst. Du liebst deine Frau, und du liebst deine Kinder. Du kannst dir gar nicht vorstellen, jemals ohne sie zu sein.«

Rudolf sah sie überrascht an.

»Du liebst deine Frau«, sagte Dagmar nun eine Spur härter, »und weißt es gar nicht.«

Rudolf stand da wie betäubt.

Dagmar fuhr ihn an: »Du bist der eigenartigste Liebhaber, der mir je vorgekommen ist.«

Sie ging und sah sich nicht mehr um, vielleicht, weil ihre Augen voller Tränen waren.

Ich möchte Ihnen nur einen Rat geben ...

Da war einer ganz und gar verzweifelt.

Ein junger Mann, den entweder seine Geliebte verlassen, dem man gekündigt oder den sonst irgendein Unglück getroffen hatte.

Jedenfalls entdeckte der Hauswirt die Geschichte, als er in dem kärglich eingerichteten Zimmer des jungen Mannes nach der Lichtleitung sehen wollte.

Der junge Mann saß am Tisch und schrieb einen Brief. Sein Blick kam von ganz weit her, bis er den Hauswirt erkannte. Er gab verwirrte Antworten, ein Umstand, der zunächst nur die Verwunderung des Hauswirtes erweckte, bis diese Verwunderung sich in offene Besorgnis verwandelte. Er spähte nämlich über die Schulter des jungen Mannes und erhaschte einige Zeilen des Briefes, den der junge Mann schrieb, aus denen eindeutig hervorging, daß der junge Mann sich das Leben nehmen wollte.

Der Hauswirt wußte zunächst nicht recht, was er daraufhin tun sollte. Alle Tröstungen, die sich ihm aufdrängten, schienen bei dem jungen Mann unangebracht und wirkungslos, so ging er also hinunter und besprach sich mit seiner Frau. Diese wiederum redete über die schreckliche Entdekkung ihres Mannes mit ihrer Freundin aus dem ersten Stock. Und von dort wanderte die Nachricht durch das ganze Haus:

Oben im vierten Stock wohnt ein junger Mann, der dabei ist, sich das Leben zu nehmen.

Alle im Hause waren sich einig, daß dies nimmermehr geschehen durfte. Man besprach dieses und jenes, einige wollten sogleich hinaufgehen, dem jungen Mann ihre Hilfe anzubieten, aber schließlich hörte man doch auf den Rat des Straßenbahnschaffners Wilhelm, der im dritten Stock zwei Zimmer innehatte und der schon in mancherlei Schwierigkeiten einen Ausweg gewußt hatte.

Wilhelm selbst unternahm den ersten Schritt zur Rettung dieses Menschenlebens. Er klopfte an die Tür des jungen Mannes. »Verzeihen Sie«, sagte Wilhelm, »ich höre soeben, daß Sie sich das Leben nehmen wollen.«

Der junge Mann, seinen düsteren Blick auf Wilhelm gerichtet, erschrak. Es war, als zittere er beständig. Sein Gesicht wurde bleich und dann wieder rot.

Wilhelm lächelte ihm beruhigend zu. »Nicht, daß ich Ihnen dergleichen ausreden möchte«, fuhr er sanft fort, »ich weiß nicht, aus welchen Gründen Sie dieses Leben beenden möchten, aber sicher gibt es keinen Grund für mich, Ihnen in dieser Sache dreinzureden. Ich möchte Ihnen nur einen Rat geben: Nehmen Sie einen Strick, irgendeinen handfesten Strick, keine Wäscheleine, die im entscheidenden Moment reißen könnte –«

Der junge Mann starrte seinen Besucher an.

»Nichts wird heute mehr gründlich gemacht«, sagte Wilhelm und klopfte dem jungen Mann aufmunternd auf die Schulter, »aber ein Selbstmord per Strick ist immer eine solide Sache. Achten Sie darauf, daß Sie einen starken Haken nehmen. Darf ich Ihnen mit irgend etwas aushelfen?«

Der junge Mann, zitternd und im schnellen Wechsel errötend und erblassend, sagte gar nichts.

Eine Weile später erschien der junge Mann, zum Ausgehen gerüstet, vor seiner Tür.

Gleich sprach ihn seine Nachbarin an, die auf ihn gelauert hatte.

»Gell«, sagte sie, »Sie haben es nicht gemacht? Sich erhängen ist primitiv und gewöhnlich. Ich sagte gleich: Das macht er nicht.«

Der junge Mann, der wie im Fieber zitterte, starrte die Frau an, die ihm wohlwollend zulächelte.

»Sehen Sie mal hinunter«, sagte sie und spähte selbst durch den Treppenschacht in die Tiefe, bis hinunter zu den Fliesen des Hauseingangs.

Schaudernd fiel der Blick des jungen Mannes nach unten.

»Ich will Ihnen nichts vorgeschlagen haben«, sprach die Nachbarin, stand ganz nahe am Geländer und sah wie abwesend nach unten. »Aber –« fuhr sie fort, »es gibt wirklich sicherere Wege, sich umzubringen, finden Sie nicht?«

Der junge Mann, unfähig, irgend etwas zu erwidern, begann taumelnd abwärts zu gehen.

Unten an der Haustür schloß sich ihm ein Mann an, der parterre wohnte.

»Ich will ein paar Zigaretten holen«, er lächelte den jungen Mann an, »darf ich ein paar Worte mit Ihnen wechseln?«

Er wartete die Antwort des jungen Mannes gar nicht ab.

»Ich sehe«, sagte der Mann freundlich, »daß die Ratschläge der anderen nichts nutzten. Ich sagte gleich, er wird sich nicht erhängen, und er wird sich nicht durch den Treppenschacht zu Tode stürzen. Es gibt bessere Möglichkeiten –«

Der junge Mann fuhr mit den Händen durch die Haare, es war jämmerlich zu sehen, wie seine Zähne gleichsam fiebergeschüttelt klapperten.

»Gehen Sie an die Bahn«, sagte der Mann freundlich, »nehmen Sie den Pariser D-Zug um zehn Uhr dreißig. Da kann Ihnen gar nichts passieren, dann sind Sie gleich mausetot.«

Er verabschiedete sich, und der junge Mann ging schwankend weiter.

Er ging, bis er in einer Kneipe landete. Dort betrank er sich mordsmäßig.

Er kam singend und randalierend nach Hause.

»Ihr Hunde!« schrie er und stapfte die Treppen hoch. Er ballte die Fäuste, blieb auf jedem Treppenabsatz stehen und wiederholte schreiend: »Ihr Hunde!« Dann ging er schlafen.

Die Hausleute aber hatten sich parterre versammelt und vernahmen seine Worte mit großer Genugtuung.

»Seht ihr«, sagte Wilhelm, der Psychologe, »ich habe recht behalten. Er macht es nicht, wenn man ihm zuredet. Jetzt allerdings könnte man überlegen, was man ihm Gutes tun kann.«

Der fremde Weihnachtsmann

Nun hören Sie diese Geschichte: Ich wollte gern einmal Weihnachtsmann spielen. Ich habe mir das immer gewünscht, aber es ergab sich nie. Ich habe keine Kinder und auch keine Geschwister, die ihrerseits Kinder hätten. Weit und breit keine Kinder, denen ich Weihnachtsmann hätte sein können.

Und nun kam ich auf folgenden Gedanken: Es ist doch schließlich gleich, welche Kinder ich beglücke. Ich lieh mir also einen roten Mantel, der unten mit weißem Pelz besetzt war. Ich zog mir Stiefel an, hing mir einen mächtigen Bart um und malte mir die Nase prächtig rot.

Ich hatte mir ein Haus in unserer Straße ausgesucht, das mir immer durch eine Unzahl von Kindern imponiert hatte, und machte mich auf den Weg.

Rute, Sack, Bart und Stiefel, es fehlte nichts, und mit gewissem Herzklopfen betrat ich das Haus, das mir ganz unbekannt war. Ich klopfte wuchtig an der ersten Tür, die ziemlich schnell geöffnet wurde.

Eine Frau starrte mich entgeistert an, doch machte ich mir nichts daraus, sondern trat sofort ein.

»Der Weihnachtsmann ist da«, sagte die Frau, und aus der Küche kam ein Mann, der mich zunächst dumm anstarrte, doch dann seine Kinder herbeirief.

Es war genauso schön, wie ich es mir immer vorgestellt hatte, die Sache machte mir Spaß, und ich kam richtig in Fahrt. Ehe ich jedoch wieder hinausging, sprach mich der Mann leise an: »Herr Müller?« fragte er, »sind Sie Herr Müller?«

Ich war nicht Herr Müller, und ich sagte, daß ich nicht Herr Müller sei.

Ich ging stampfend eine Treppe höher. Es waren tatsächlich so viele Kinder in diesem Haus, wie ich mir vorgestellt hatte.

Der nächste Familienvater betrachtete mich verwundert, rief seine Frau, und beide besprachen sich flüsternd. Doch ich bescherte meine Kinder, sprach mit donnernder Stimme und streute Pfeffernüsse aus.

Die Frau hielt mich am Ärmel fest. »Onkel Albert?« fragte sie.

»Nein, ich bin nicht Onkel Albert«, sagte ich.

Der Mann lachte. »Erich«, rief er, »du bist es.« Ich sagte, daß ich nicht Erich sei. Sie sahen mich verwundert und grübelnd an, doch stieg ich schon in den zweiten Stock, klopfte mit meinem Stock dröhnend an und rief: »Der Weihnachtsmann ist da!«

Auch hier öffnete sich die Tür.

Wieder musterte mich ein Mann erschrocken. Er breitete die Arme aus und flüsterte: »Guter Gedanke, Eduard.«

»Wer ist Eduard?« sagte ich. »Ich komme aus dem Walde.«

Jubel und Trubel bei den Kindern. Es reute mich nicht, diesen herrlichen Gedanken gehabt zu haben. Ich hatte einfach zuviel Spaß dabei.

Der Mann hielt mich an der Tür fest. »Sie sind der Hauswirt, nicht wahr?«

Ich sagte, daß ich nicht der Hauswirt sei – was für ein kurioser Gedanke übrigens –, und ging weiter die Treppe hinauf. Ein Stockwerk tiefer standen die Familien beisammen und besprachen sich.

Wieder starrte mich eine Frau überrascht an. Dann strahlte sie und sagte: »Zum ersten Mal, seit wir verheiratet sind, kommst du auf einen netten Gedanken.«

Sie wollte mich umarmen, aber ich wehrte sie noch rechtzeitig ab.

»Bist du es nicht, Heinz?« fragte sie.

Ich war nicht Heinz. Ich verschenkte Kuchen und Rosinen und ließ die Kinder dreistimmig singen, es war zu schön.

Als ich die Wohnung wieder verließ, geriet ich direkt unter die versammelten Mütter und Väter.

»Wer sind Sie denn eigentlich?« flüsterten sie.

Ich sagte: »Ich bin der Weihnachtsmann.«

»Sagen Sie doch, wer Sie sind«, forschten die Leute ungeduldig.

Ich hob meine Mütze und lüftete meinen Bart. Sie waren ganz erschrocken.

»He«, rief einer, »wir kennen Sie ja gar nicht.«

»Warum müssen Sie mich denn kennen?« fragte ich.

»Na, hören Sie mal«, riefen die Leute verdrießlich, »wir müssen doch wissen, wer als Weihnachtsmann zu unseren Kindern kommt. Sie sind ja ein ganz Fremder.«

»Das ist doch egal«, meinte ich.

»Das ist nicht egal«, rief ein Vater zornig. »Da ist doch irgendein Trick dabei.«

»Nein«, rief ich dagegen, »gar kein Trick – Spaß, mir macht die Sache Spaß.«

Die Leute hatten mir tatsächlich die ganze Laune verdorben. Sie füllten das Treppenhaus und diskutierten, ob es statthaft sei, daß ein wildfremder Mensch willkürlich herkomme und ihren Kindern den Weihnachtsmann mache.

Währenddessen kam eine junge Dame die Treppe herauf. Sie hörte die Sache, betrachtete mich und lächelte: »Ich finde es sehr schön, daß Sie auf einen solchen Gedanken gekommen sind«, sagte sie, »wollen Sie mich auch bescheren?«

Sie wohnte einen Stock höher, und ich ging gleich mit hinauf.

Ich hatte nur noch ein Lebkuchenherz, und das haben wir uns geteilt, die hübsche junge Dame und ich.

Es war wirklich nett, und ehrlich gesagt, mir gefiel es noch besser, als die Kinder zu bescheren.

Ich blieb drei Stunden bei ihr.

Und als ich dann wieder hinunterging, lächelten mich die Leute im Haus freundlich an.

»Das hätten Sie doch gleich sagen können«, sagten sie herzlich, »wir wußten doch: Irgendein Trick mußte dabei sein.«

Ein fabelhafter Junge

Im Zimmer dreihundertzwei wurde geläutet.

Der Zimmerkellner machte sich auf den Weg. Er ging den Hotelflur entlang, eilig, wie es seine Gewohnheit war und wie es der Dienst verlangte.

Der Zimmerkellner war etwa vierzig Jahre alt, schon sehr lange als Kellner tätig und hatte einige Erfahrungen gesammelt. Erfahrungen mit Gästen.

Zimmer dreihundertzwei war vor zwei Tagen von einer Dame bezogen worden, in Begleitung eines kleinen Jungen, ihres Sohnes, der ungefähr zwölf Jahre alt war.

Die Dame war etwa Mitte Dreißig, eine junge, eine schöne Frau, die sehr elegant gekleidet war.

Der Zimmerkellner klopfte an die Tür und trat ein.

Im Zimmer stand die Dame, wie jemand, der ausgehen will. Auf einem Bett lag der Junge, angezogen, blätterte in einem Heft.

»Sie wünschen?« fragte der Zimmerkellner.

»Ich habe eine Bitte, eine Frage«, begann die junge Frau ein wenig unsicher, unterbrach sich und fragte: »Darf ich mich nach Ihrem Namen erkundigen?«

»Mein Name ist Fischer«, sagte der Zimmerkellner höflich.

»Herr Fischer –« begann die Dame erneut, »ich bin heute mittag eingeladen.«

Sie blickte auf den Jungen, der immer noch auf dem Bett lag, blätterte und den Kopf nicht hob.

»Das ist mein Sohn, den ich nicht mitnehmen kann. Meine Frage ist: Würde es Ihnen etwas ausmachen, ab und zu nach ihm zu sehen?«

»Ganz und gar nicht, gnädige Frau«, antwortete der Zimmerkellner ein wenig verwundert.

»Er sollte das Zimmer nicht verlassen. Er hat genug Bücher und außerdem seine Schulhefte bei sich, mit denen er sich beschäftigen kann. Er wird sich Mittagessen bestellen, das Sie ihm aufs Zimmer bringen.«

»Jawohl, gnädige Frau«, sagte der Zimmerkellner.

Die Dame öffnete ihre Handtasche und reichte ihm einen Zwanzig-Mark-Schein.

»Besten Dank, gnädige Frau«, sagte der Kellner.

Die Dame wandte sich ihrem Sohn zu. »Du hast gehört, was ich gesagt habe?«

»Ja, ich habe gehört«, antwortete der Junge und hob jetzt den Blick.

Er sah den Kellner an.

»Ich möchte nicht, daß du Herrn – wie war der Name?«

»Fischer.«

»... daß du Herrn Fischer Schwierigkeiten machst.«

»In Ordnung, Mama«, sagte der Junge gleichgültig.

Die Dame murmelte: »Es ist leider in einem renitenten Alter.«

Der Zimmerkellner sah wenig später, wie die Dame das Hotel verließ. Fast vergaß er über seiner Arbeit den Auftrag, den man ihm gegeben hatte, bis in seinem Office die Zahl dreihundertzwei aufleuchtete. Der Zimmerkellner machte sich auf den Weg. Er betrat das Hotelzimmer, ohne anzuklopfen.

Der Junge saß in einem Sessel und sagte: »Sie sind hereingekommen, ohne anzuklopfen.«

»Ja«, sagte Fischer verdutzt.

»Warum klopfen Sie bei mir nicht an?« fragte der Junge, sah ihn ein wenig starr an.

»Möchtest du es gerne?«

»Ich möchte, daß Sie tun, was Sie immer tun.«

»In Ordnung«, erwiderte der Zimmerkellner gutmütig, ging zurück an die Tür, öffnete sie und klopfte.

»Zufrieden?« fragte er.

»Kommen Sie herein«, befahl der Junge und fragte: »Wieviel hat sie Ihnen gegeben?«

»Deine Mutter hat mir zwanzig Mark gegeben.«

»Warum haben Sie nicht mehr verlangt?«

»Ich habe kein Recht, überhaupt etwas zu verlangen.«

»Sind Sie nicht geschäftstüchtig?« fragte der Junge.

»Wahrscheinlich nicht«, sagte der Zimmerkellner lächelnd und beschloß, die Angelegenheit humorvoll zu behandeln.

»Meine Mutter hat genug Geld«, sagte der Junge, »Sie hätten ohne weiteres mehr verlangen können.« Er machte eine Pause und sagte: »Bitte bringen Sie mir eine Coca.« Er zögerte einen Moment und fuhr dann fort: »Mit Rum.«

»Mit Rum?« wunderte sich der Zimmerkellner.

»Ja«, sagte der Junge und sah ihn fest an, »ich trinke das öfter.«

»Erlaubt dir das deine Mutter?«

»Nein, aber sie sieht ja nicht, daß Rum in der Coca ist.«

»Ich bringe dir eine Coca ohne Rum.«

»Danke, die möchte ich nicht«, antwortete der Junge, »bitte, lassen Sie mich jetzt allein.«

Kaum war der Kellner wieder in seinem Office, als die Zimmernummer erneut aufleuchtete.

Er machte sich wieder auf den Weg, zögerte vor der Zimmertür, klopfte an und trat ein.

Der Junge stand im Zimmer. »Ich wollte nur sehen, ob Sie jetzt anklopfen.«

»Mehr wolltest du nicht?«

»Doch, ich möchte eine Coca.«

»In Ordnung«, sagte der Kellner und verließ das Zimmer.

Nun war der Zimmerkellner nicht allein in seinem Office, er arbeitete zusammen mit einem älteren Kollegen, der ihn plötzlich ansah und sagte: »Der Junge malträtiert dich.«

»Ja«, sagte der Zimmerkellner lakonisch. »Er versucht, wie weit er gehen kann.«

»Ein zwölfjähriger Junge?«

»Ja.«

»Warum gibst du ihm nichts hinter die Ohren?«

»Ich halte davon nichts«, sagte der Kellner, nahm das Tablett mit der Coca, ging über den Flur, klopfte an die Tür und trat ein.

Der Junge lag auf dem Bett, hob den Kopf: »Stellen Sie sie auf den Tisch.«

Der Zimmerkellner setzte die Coca ab. Der Junge sagte: »Danke.«

Der Kellner verließ das Zimmer, war kaum in seinem Office angelangt, als erneut die Zimmernummer aufleuchtete.

Der alte Kollege sah Fischer an. »Soll ich es für dich tun?«

»Nein, nein«, murmelte der, ging wieder den Gang entlang, klopfte und trat ein.

»Ich habe jetzt Hunger«, sagte der Junge, »wollen Sie mir die Speisekarte bringen?«

»Sofort«, sagte der Zimmerkellner, ging hinaus und über den Gang zurück. Er holte die Speisekarte und ging wieder den Weg zum Zimmer dreihundertzwei.

»Besten Dank«, sagte der Junge höflich, »ich melde mich, wenn ich etwas ausgesucht habe.«

»Laß dir nur Zeit«, sagte der Zimmerkellner und ging zurück in sein Office.

Nach fünf Minuten leuchtete die Nummer dreihundertzwei auf. Der alte Kollege sah Fischer ironisch an. »Jetzt mußt du dir langsam Kilometergeld geben lassen.«

Fischer betrat das Zimmer und sah den Jungen im Sessel, die Speisekarte aufgeschlagen auf dem Schoß.

»Jetzt haben Sie es vergessen«, sagte der Junge.

»Was habe ich vergessen?«

»Anzuklopfen«, sagte der Junge und sah ihn aufmerksam an.

»Tut mir leid«, sagte der Zimmerkellner lakonisch.

Der Junge stand auf, klappte die Speisekarte zu.

»Ich finde nichts auf der Karte.«

Der Kellner nahm die Karte entgegen. »Wahrscheinlich hast du keinen Hunger.«

»Doch, ich habe Hunger. Aber ich sagte Ihnen ja, ich finde auf dieser Karte nichts.«

»Darf ich dich mal was fragen«, sagte der Kellner, »hast du einen Vater?«

»Natürlich habe ich einen Vater. Jeder Mensch hat einen Vater. Warum fragen Sie danach?«

»Wo ist denn dein Vater?«

Der Junge hob die Schultern. »Was weiß ich.« Er war plötzlich erbittert: »Danach dürfen Sie mich nicht fragen. Das ist Ihnen als Kellner nicht erlaubt.«

»Ich mache dir einen Vorschlag«, murmelte der Kellner, »machst du eine kleine Fahrt mit mir?«

Der Junge war verblüfft.

»Ich darf doch das Zimmer nicht verlassen. Dafür haben Sie zwanzig Mark bekommen.« Aber er stand sofort auf. »Wohin wollen Sie denn mit mir?«

Der Zimmerkellner ging mit dem Jungen hinaus. »Warte auf mich«, sagte er, ging in sein Office und meldete sich bei seinem Kollegen ab. »Übernimm meine Arbeit. Nur für eine Stunde.«

Dann fuhr er mit dem Jungen runter in die Garage, ging zu seinem Auto.

»Komm, steig ein.«

Der Junge war ein wenig verwirrt, stieg ein.

»Wir fahren zu mir nach Hause. Es ist Mittagszeit. Vielleicht schmeckt dir, was meine Frau gekocht hat.«

»Das glaube ich nicht«, sagte der Junge und sah sich im Wagen um. »Können Sie sich kein besseres Auto leisten?«

»Nein«, sagte der Zimmerkellner und fuhr aus der Tiefgarage des Hotels hinaus.

Er fuhr nicht sehr weit und hielt schließlich vor einer Reihe von einfachen Häusern. Ein unbebauter Platz den Häusern gegenüber war belebt von Kindern, die mit einem Fußball spielten.

»Ich bringe einen Gast«, rief der Kellner, als er seine Wohnung betreten hatte.

Die Frau des Kellners erschien aus der Küche.

»Hallo«, sagte sie, »einen Jungen?«

»Ja, einen Hotelgast«, sagte der Kellner, ging ins Wohnzimmer. »Erich«, rief er, »ich habe dir jemanden mitgebracht.«

Im Wohnzimmer befand sich ein Junge von zwölf Jahren. Er saß an einem Tisch und schrieb in einem Heft.

Er hob den Kopf und stand mit einer ungelenken Bewegung auf, hielt sich mit einer Hand an der Tischkante, streckte die andere vor: »Hallo«, sagte er. »Wer ist denn das?«

»Ein Hotelgast«, sagte der Vater, sah den Jungen an, »ihr seid beide gleich alt.«

»Hat er was an den Beinen?« fragte der Junge.

»Ja, er hat eine schiefe Hüfte.«

Erich hob die Schultern. »Das wird später mal operiert. Dann kann ich wieder laufen.«

»Kannst du nicht laufen?«

Erich ging auf den Jungen zu, er hinkte, knickte ein. Lebhaft sagte er: »Ich kann nicht sehr gut laufen, aber im Tor wäre ich gut. Ich schwör dir, ich würde nicht jeden Ball kriegen, aber so viele wie jeder andere.« Neugierig fragte er: »Spielst du Fußball?«

»Ja«, sagte der Junge, »warum lassen sie dich nicht ins Tor?«

»Ich sag ja, weiß ich nicht«, sagte Erich lebhaft.

»Du kannst denen ja zeigen, was du kannst«, sagte der Junge.

»Aber sie lassen mich nicht.«

»Dann sind die doch blöd«, rief der Junge, »komm, wir gehen raus, wir sprechen mit denen.«

Sie gingen hinaus. Erich knickte ganz kräftig ein, sein Gang bekam etwas Schaukelndes, aber er brauchte keine Hilfe.

»Du siehst«, sagte er zu dem Jungen, »ich brauche keine Hilfe.«

Der Kellner stand mit seiner Frau am Fenster und sah auf das freie Feld gegenüber.

Die Kinder hatten aufgehört, mit dem Ball zu spielen, standen beisammen und sahen auf Erich und den fremden Jungen. Irgendeiner zeigte seinen Widerspruch sehr deutlich, rempelte den fremden Jungen an. Der boxte gleich los, lieferte einen heftigen Kampf. Sie rauften sich, fielen zu Boden, standen wieder auf.

Die Frau des Kellners rief erschrocken: »Geh hinaus. Du bist für den Jungen verantwortlich.«

Aber der Kellner rührte sich nicht, lächelte ein wenig und sagte leise: »Ich habe es gleich gewußt: ein fabelhafter Junge.«

Vater schreibt einen Aufsatz

Herr Bayer befand sich in seinem Arbeitszimmer, hatte ein Schulheft in der Hand, das er jetzt zuklappte.

Er ging an die Tür, rief in den Flur hinaus seiner Haushälterin zu: »Frau Rosinger, mein Sohn soll einmal zu mir kommen.«

Dann ging er zurück an seinen Schreibtisch, öffnete erneut das Schulheft und sah kopfschüttelnd hinein.

Hansi, der Vierzehnjährige, kam ins Zimmer, schuldbewußt.

»Was ist denn das hier?« Herr Bayer streckte das Schulheft vor.

Hansi hob die Schultern, murmelte: »Ein Aufsatz, leider danebengegangen, sie hat mir eine Sechs gegeben. Ich habe das Thema nicht erfaßt.«

»Das Thema nicht erfaßt«, sagte Bayer ärgerlich, »ich will dir mal was sagen, ich finde den Aufsatz gut, um nicht zu sagen sehr gut. Ich bin geneigt zu sagen, daß er großartig ist. Der hat doch keine Sechs verdient.«

Hansi sah seinen Vater verblüfft an.

»Das ist ein Fehlurteil«, rief Herr Bayer, »dein Aufsatz ist farbig, wortgewandt, voller Gefühl. Man liest das und sieht alles vor sich. Wer hat dir die Sechs gegeben?«

»Frau Doktor Grothe.«

»Mit der Dame möchte ich mal ein paar Worte reden«, sagte Herr Bayer, »und zwar ein paar Worte, die sie sich hinter den Spiegel stecken kann.«

Er ließ sich die Adresse geben und fuhr gleich hin. Ein hübsches Reihenhaus.

Frau Doktor Grothe öffnete ihm selbst. Eine Frau, die ganz sympathisch aussah, die sehr beherrscht und sicher auch sehr intelligent war.

Sie führte Herrn Bayer in ihr Wohnzimmer.

»Der Vater von Hansi?« sagte sie ein wenig überrascht, »weswegen suchen Sie mich auf?«

Herr Bayer streckte das Heft vor. »Deswegen.«

Hanna Grothe musterte ihn ein wenig kühl: »Was ist deswegen?«

»Deswegen ist ein Schulheft –« begann Herr Bayer den Kampf, »das mir mein Sohn heute vorlegte mit einem Aufsatz, dem Sie die schlechteste Note gegeben haben. Darüber möchte ich gerne mit Ihnen reden.« Höflich setzte er hinzu: »Falls ich nicht störe.«

»Sie stören nicht«, sagte die Lehrerin gelassen, »bitte, nehmen Sie Platz.«

»Ich möchte lieber stehen.«

Sie sah ihn aufmerksam an und fragte trocken: »Muß ich jetzt auch stehen bleiben?«

»Nein, nein, natürlich nicht«, beeilte sich Herr Bayer zu sagen, räusperte sich, »ich wollte mich beschweren, Ihnen Vorwürfe machen –«

»Und das kann man besser im Stehen?« wunderte sie sich.

»Ja«, erklärte Herr Bayer etwas widerstrebend, aber offen, »im Sitzen verliert sich ein gewisser Zorn, der nötig ist, wenn man in einer Diskussion Eindruck erzeugen will.«

»Diesen Zorn möchten Sie also nicht verlieren?« Sie sah ihn wieder aufmerksam an. »Sie neigen dazu, ihn zu verlieren, besonders im Sitzen?«

»So ist es«, sagte Herr Bayer steif, »also, um mal anzufangen, ich hätte dem Jungen eine Eins gegeben.«

Die Lehrerin nahm das Heft in die Hand.

»Das Thema war Gebäudebeschreibung. Das Schulgebäude sollte beschrieben werden, so genau wie möglich. Ihr Sohn hat eine Beschreibung geliefert, aber keine sachliche. Es kam darauf an, mit einer sachlichen Beschreibung etwas über sich selbst auszusagen, über die Fähigkeit, logisch zu denken.«

Herr Bayer sah nun seinerseits die Lehrerin aufmerksam an, konnte dennoch einen aggressiven Unterton nicht vermeiden: »Wollen Sie mir mal ein Beispiel sagen?«

»Ja, gerne«, sagte die Lehrerin, »also: Unsere Schule stellt sich dar als Gebäudekomplex, der sich in drei Teile gliedert. Ein Hauptgebäude, das größer und breiter ist, und zwei Nebengebäude, die das Hauptgebäude flankieren und nicht ganz so breit und so hoch sind.«

»Aber hören Sie mal«, unterbrach Herr Bayer die Lehrerin, »der Junge will doch nicht Architekt werden.«

Sie lächelte: »Aber wollen Sie ihm die Chance nicht offenhalten, diesen Beruf zu ergreifen oder einen anderen, in dem es darauf ankommt, logisch zu handeln? Wie kann jemand logisch handeln, wenn er nicht gelernt hat, logisch zu denken?«

»Nun, nun«, murmelte Herr Bayer ärgerlich, »wollen Sie sagen, er lernt logisch zu denken, wenn er seine Schule beschreibt als ein – ein Hauptgebäude, das von zwei Nebengebäuden flankiert wird?«

Sie lächelte. »Wollen Sie sich nicht doch setzen und einen Kaffee mit mir trinken?«

Herr Bayer gab nach: »Nun gut, ich werde mich setzen, ich trinke auch Ihren Kaffee – wenn er nicht zu stark ist.«

Sie sah ihn an: »Das Herz?«

»Eher der Magen«, antwortete er widerstrebend.

»Wollen Sie dann nicht lieber Tee?«

»Ich will Ihnen keine Mühe machen.«

»Sie benehmen sich unlogisch«, lächelte die Lehrerin, »Sie würden Kaffee trinken, obwohl er Ihnen nicht bekommt.«

Herr Bayer holte Atem. »Diese Unlogik leiste ich mir, sie ist ein Teil des Vergnügens, das ich an diesem Leben habe.«

»Sie wollen sagen, Unlogik erhöht den Lebensgenuß?«

»Jedenfalls ist es nicht auszuschließen, daß es so sein kann«, setzte Herr Bayer fort, »ich behaupte, daß Logik blind ist, blind und unlebendig, daß sie das Gefühl ausschaltet und mit dem Gefühl die Phantasie. Gefühl und Phantasie beleben das Unbewußte. Das wahre Denken versorgt sich aus dem Unbewußten.«

Die junge Frau sah ihn nachdenklich an.

Herr Bayer sah es mit Befriedigung und fuhr kräftiger fort: »Das Unbewußte redet ja ständig mit uns. Wir haben nur verlernt, hinzuhören, und überschätzen Bedeutungen wie die, daß ein Hauptgebäude höher ist als die Nebengebäude.« Er räusperte sich. »Mein Sohn hat dies instinktiv begriffen, der Phantasie, dem Gefühl den Vorrang gegeben.« Er atmete auf. »Aus diesem Grund hätte ich diesem Aufsatz eine Eins gegeben.«

Die Lehrerin lächelte schwach. »Wir kommen nicht zusammen«, erklärte sie, »ich werde Ihnen jetzt einen Tee machen.«

Sie machte Tee, und es ergab sich ein Gespräch, das sehr lebhaft, sehr freundlich, aber auch sehr vorsichtig war.

Aber dann machte Herr Bayer einen überraschenden Vorschlag. »Wir können uns unsere gegensätzlichen Meinungen vielleicht deutlicher erklären, wenn wir beide einen Aufsatz schreiben, vielleicht über meinen Besuch bei Ihnen und über mein Anliegen, darüber, was wir beide miteinander besprochen haben. Sie schreiben auf Ihre Weise, ich auf meine.«

Die Lehrerin war ganz überrascht.

Herr Bayer sagte: »Ich zensiere Ihren Aufsatz, Sie meinen.«

»Ein erstaunlicher Vorschlag«, sagte die Lehrerin, dachte eine Weile nach, nickte dann: »Wie Sie wollen.«

Herr Bayer ging nach Hause und machte sich sogleich ans Werk. Er legte sich Papier zurecht, seinen Füllfederhalter, ordnete seine Gedanken, bemühte sich um einen korrekten Anfang und hatte nun eine ganze Weile zu tun, sehr angestrengt zu tun.

Aber schließlich war das Werk getan. Er steckte seinen Aufsatz in einen Briefumschlag, klebte ihn zu und übergab ihn seinem Sohn.

»Das gibst du morgen deiner Lehrerin.«

»Was ist denn das?« fragte Hansi.

»Ich habe einen Aufsatz geschrieben«, sagte der Vater und murmelte: »Lieber Junge, jetzt weiß ich erst, was ihr in der Schule leisten müßt.«

»Was soll denn Frau Doktor Grothe mit deinem Aufsatz?« wunderte sich Hansi.

»Sie soll ihn zensieren«, rief Herr Bayer, »aber ich fürchte, ich bekomme auch eine Sechs.«

Hansi tat, wie ihm aufgetragen worden war. Er übergab den Briefumschlag seiner Lehrerin, die darüber nicht im mindesten verwundert war, und erhielt von ihr einen ähnlichen Brief. Herr Bayer konnte es kaum abwarten, bis sein Sohn aus der Schule nach Hause kam.

Er nahm den Brief der Lehrerin an sich und verzog sich gleich in sein Arbeitszimmer und entfaltete ihn. Hm, dachte Bayer, sie hat nicht sehr viel geschrieben. Logisch und kurz, das gehört wohl zusammen.

Und das las er:

Heute vormittag erschien der Vater eines Schülers bei mir in der Wohnung. Er beklagte sich über die schlechte Note, die ich dem Schulaufsatz seines Sohnes gegeben habe. Im Gegensatz zu mir, der Lehrerin seines Sohnes, fand er den Aufsatz großartig. Ich versuchte, ihm zu erklären, daß der Schüler das Thema des Aufsatzes nicht erfaßt habe. Das Thema hieß Gebäudebeschreibung. Als zu beschreibendes Gebäude hatte ich das Schulgebäude genannt. Es kam auf eine detaillierte Beschreibung an, die Rückschlüsse zulassen würde auf die Beobachtungsgabe des Schülers wie auch auf seine Fähigkeit, sich logisch auszudrücken.

Herr Bayer überschlug jetzt ganze Passagen, bis er an dem Satz hängenblieb:

Der Vater des Schülers war ganz uneinsichtig, sprach vage und unpräzise von Gefühl und Phantasie, bemühte sogar das Unbewußte.

Herr Bayer schüttelte den Kopf.

Die Lehrerin Frau Doktor Grothe las zur selben Zeit den Aufsatz von Herrn Bayer:

Ich hatte heute ein aufregendes Erlebnis. Mein Sohn brachte eine Sechs nach Hause. Sie stand, in roter Tinte, was ich ein wenig aggressiv finde, unter einem Klassenaufsatz, den mein Sohn anzufertigen hatte. Ich war erschrocken, so wie jeder Vater erschrocken ist, wenn er von einer schlechten Note seines Sohnes erfährt. Ich las den Aufsatz durch, und es geschah etwas Merkwürdiges: Mir gefiel der Aufsatz. Ich dachte: Nanu, bist du nicht ganz bei Trost, oder ist es etwa die Lehrerin nicht? Verzeihen Sie, Frau Doktor Grothe, aber Sie haben Anspruch auf meine ehrliche Meinung, und die war nun mal so: Diese Frau hat wohl nicht alle Tassen im Schrank. Dann suchte ich sie auf, überfiel sie förmlich in ihrer Wohnung. Als ich sie sah, war ich irritiert, sie war eine Frau, die leider gar nicht so aussah, wie ich sie mir vorgestellt hatte. Wenn sie mir unsympathisch gewesen wäre, hätte ich meinen Zorn gebrauchen können, sozusagen in Sturmstärke, aber so verlor sich der Zorn. Man kommt als schnaubender Stier an und hat dann plötzlich nichts mehr, womit man schnauben kann. Das erste, was mir auffiel: warme Augen, herzliche Augen, die Herzlichkeit ein bißchen zurückgenommen, sie hat sich angewöhnt, dachte ich, diese Herzlichkeit, diese Fähigkeit dazu, nicht zu zeigen. Sie trug ihren Beruf wie eine Uniform und wirkte dadurch ein wenig steif. Was sie nicht war, sie hatte Humor, den sie dadurch bewies, daß sie mir nicht nur zuhörte, sondern mich auch zum Tee einlud. Ich fragte mich schließlich: Welche Chancen hat man gegen eine Frau, die sehr warme Augen hat, sehr herzlich ist und dazu noch intelligent. Ich war auf meinen Zorn angewiesen, der einfach nicht mehr vorhanden war, hingegen stellte sich ein Wohlbefinden ein, das immer stärker wurde, je mehr ich ihr zuhörte und sie ansah –

Herr Bayer wurde von seinem Sohn ans Telefon gerufen.

»Frau Doktor Grothe, Vater.«

Herr Bayer nahm den Hörer auf. »Hallo«, meldete er sich sehr unsicher.

Er hörte ihre Stimme: »Ich habe gerade Ihren Aufsatz durchgelesen. Ehe ich meine Note daruntersetze«, sie unterbrach sich, »nicht gerade rot, wenn Ihnen rot nicht gefällt, möchte ich Sie gern sprechen, weil mir da noch einiges unklar ist und ich jede Unklarheit beseitigen möchte, bevor ich meine Zensur gebe. Haben Sie Zeit heute abend? Ich würde uns Fisch machen, da Ihr Magen ja offenbar nicht ganz in Ordnung ist.«

Nun ließ sie auch Herrn Bayer zu Wort kommen. »Ja«, stotterte er, »ich komme sehr gern. Würden Sie es als unlogisch empfinden, wenn ich mich freue?«

Aufatmend legte Bayer den Hörer auf und sah seinen Sohn an.

»Hat sie deinen Aufsatz zensiert?« fragte Hansi.

»Hat sie, hat sie«, murmelte Bayer, »aber ich weiß nicht, wie. Eine Sechs war das nicht, oder ich versteh nichts von Sechsen.« Er überlegte: »Drei bis vier? Hm, könnte auch eine Zwei gewesen sein.« Er richtete sich auf, lachte: »Vielleicht aber auch kommt dein Vater heute abend mit einer Eins nach Hause.«

Grausamkeit

Herr Edward kam nach Hause. Er hängte seinen Mantel in die Garderobe und betrat das Speisezimmer. Er küßte flüchtig seine Frau und sagte: »Denke dir, was ich erlebt habe. Ein Pferd stürzte auf der Straße und war unfähig, sich zu erheben. Der Fuhrmann, ein roher Patron, schlug das Tier, trat es und fluchte. Es war schrecklich anzusehen. Das arme Tier kam nicht mehr auf die Beine, obwohl es so grausam behandelt wurde.«

»Ja, ja«, sagte die Frau und trug eilig die Suppe auf, denn Herr Edward war heute etwas später als gewöhnlich gekommen.

»Wie kannst du ›ja, ja‹ sagen?« rief Edward. »Es war einfach unerträglich und ein perfekter Fall von Grausamkeit. Ich habe mir den Namen des Mannes geben lassen und werde die Sache zur Anzeige bringen.« Er begann zu essen. »Die Suppe ist kalt«, sagte er verdrießlich, »es sollte doch möglich sein, die Suppe warm auf den Tisch zu bringen.«

»Du bist heute später gekommen«, erwiderte die Frau etwas nervös.

»Ich weiß es«, rief Edward, »seit meinem sechsten Lebensjahr bin ich in der Lage, eine Uhr abzulesen.«

»Natürlich, natürlich«, begütigte die Frau eilig.

»Wenn es so natürlich ist, weshalb dann dieser Vorwurf? Die Suppe ist kalt, und das ist doch einzugestehen.«

»Ich werde sie warm machen, Edward«, sagte die Frau leise.

»Du siehst doch, daß ich sie schon esse. Da ich später gekommen bin, habe ich jetzt weniger Zeit. Jetzt diese Suppe warm zu machen ist ein unvernünftiger Vorschlag.«

»Ja, ja«, rief die Frau.

»Du sagst wieder ›ja, ja‹. Solche Antworten sind ein Zeichen von Nachlässigkeit. Warum wirst du in allem so nachlässig?«

»Ich bin doch nicht nachlässig«, sagte die Frau unruhig.

»Also lüge ich?«

»Das habe ich doch nicht gesagt, Edward«, flehte die Frau.

»Dann verstehe ich wohl alles falsch und bin ein Dummkopf, wie?« Er sah sie aufmerksam an: »Bist du krank?«

»Nein, Edward.«

»Es wäre eine Entschuldigung. Du siehst blaß aus und redest verwirrt. Du solltest dich hinlegen.«

»Wenn du meinst, Edward«, antwortete die Frau schwach.

»Ich meine es«, betonte Herr Edward, »und wünsche nicht, dich noch einmal in dieser Verfassung zu finden.« Er sah auf seine Uhr und rief verdrießlich: »Ich muß schon gehen, du hast mich tatsächlich um mein Mittagessen gebracht.«

Er stand auf: »Die Anzeige gegen diesen Fuhrmann werde ich im Büro schreiben. Es war wirklich ein Fall von perfekter Grausamkeit.«

Dienstreise eines Fünfzig-Mark-Scheins

Einer meiner Freunde, ein von jeher zu Späßen besonderer Art aufgelegter Mensch, versah eines Tages den freien Rand eines Fünfzig-Mark-Scheins mit einer Bleistiftnotiz, des Inhalts, daß der jeweilige Besitzer dieses Scheines doch schreiben möge, wie es ihm gehe. Es liege ihm, meinem Freund, daran, den Weg eines Geldscheins in unserer Zeit zu verfolgen und daraus sozialkritische Schlüsse zu ziehen.

Mein Freund schickte diesen Schein seufzend auf die Reise, indem er eine Spirituosenrechnung bezahlte, übrigens an einen Wirt, der den Schein unbesehen in die Schublade warf.

Ich gebe im folgenden eine Auslese jener Schreiben, die meinen kuriosen Freund tatsächlich erreichten.

Mit Datum vom 8. April schrieb ein Mann: »Werter Herr! Ich erhielt Ihr Schreiben heute morgen um 10 Uhr und behielt es bis nachmittags um drei. Daraus mögen Sie ersehen, wie es mir geht.«

Mein Freund sagte: »Es funktioniert jedenfalls. Das scheint ein armer Bursche zu sein.«

Am 15. April schrieb ein junges Mädchen mit zarter, zierlicher Handschrift: »Fragen Sie nicht, wie es mir geht. Ich wollte, ich hätte dieses Geld nie gesehen.«

Mein Freund zeigte mir diesen Brief kummervoll. »Mein Lieber«, sagte er, »merkst du, welche Romane sich ereignen, von denen wir kaum etwas zu sehen bekommen? Welche Tragödie mag sich abgespielt haben, daß sie schreibt: ›Hätte ich doch dieses Geld nie gesehen‹?«

Am 30. April kam ein weiteres Schreiben. Auch von einem jungen Mädchen, aus einem Blumengeschäft: »Heute habe ich Ihren Schein in der Hand. Ein Herr bezahlte damit einen Strauß wunderbarer Rosen. Er sah wie ein Filmschauspieler aus. Vielleicht war es einer. Erst viel später sah ich Ihre Notiz auf dem Geldschein. Ich wollte Ihnen gleich schreiben. Ich habe eine Ahnung, als ob es mein Glück ist.«

Mein wackerer Freund verzog das Gesicht. »Sie hat ihre Adresse und eine Achtzig-Pfennig-Marke beigelegt.«

Am 10. Mai kam der nächste Brief.

Eine Frau schrieb mit steilen Schriftzügen: »Ich habe lange überlegt, ob ich Ihnen schreiben soll. Wahrscheinlich haben Sie diese Notiz auf den Rand geschrieben, um sich zu unterhalten. Aber ich fühle mich so dankbar, daß ich diesen Brief auch an einen wildfremden Menschen schreibe. Ich war völlig verzweifelt. Ich gestehe Ihnen, daß ich am Rande des Selbstmordes stand, so schrecklich ist der Zustand, in den uns zuweilen die Armut versetzt. Mich jedenfalls hat es erschüttert, meine verzweifelte Stimmung von einem Augenblick auf den anderen schwinden zu sehen, nachdem ich dieses Geld bekam, eine alte Schuld, mit der ich nicht mehr gerechnet hatte.«

»Habe ich zuviel versprochen?« sagte mein Freund, »diese Briefe sind Wegsteine des Schicksals, karge Mitteilungen aus dem Dunkel des Lebens.«

Am 20. Mai schrieb ein Mann: »Teile Ihnen mit, daß ich diese Art, Geldscheine zu beschmutzen, empörend finde.

Behalte mir vor, diesen Geldschein der Polizei auszuhändigen, die Ihnen das Handwerk legen wird.«

»O Gott«, sagte ich besorgt, »jetzt wirst du Ärger bekommen.«

Aber mein Freund heftete das Schreiben ab, lächelte und meinte: »Glaube mir, es gibt keinen Menschen, der fünfzig Mark für solche Polizeizwecke entbehren könnte.«

Er schien recht zu haben, denn es erfolgte nichts, obwohl mein Freund, rein aus Gründen der Vollständigkeit seiner Sammlung, ein polizeiliches Schreiben gern gehabt hätte.

Dafür kam am 1. Juni ein Telegramm.

Von einem Schriftsteller.

»Erhalte soeben Banknote. Bin begeistert von Einfall. Falls Antworten darauf erhalten, daran interessiert.«

Mein Freund lächelte: »Diese Schriftsteller. Selber fällt ihnen offenbar nichts ein.«

Wenige Tage später kam ein Schreiben aus Travemünde: »Sehr geehrter Herr! Habe Ihren Fünfzig-Mark-Schein erhalten, er wurde mir abends am Strand gestohlen. Falls sich bei Ihnen ein Fräulein Müller melden sollte, geben Sie mir bitte telegrafische Nachricht. Fräulein Müller kommt als Täterin in Frage. PS: Fräulein Müller ist meine Verlobte.«

Dieses Fräulein Müller schrieb nicht.

Dafür schrieb ein junger Mann aus Travemünde: »Soeben habe ich Ihren Fünfzig-Mark-Schein beim Roulettespiel gewonnen. Bin neunzehn Jahre und wahnsinnig erfreut. Brauche das Geld dringend.«

Und danach schrieb Fräulein Müller, einen Tag später: »Bin im Besitz Ihres Geldes. Können Sie nicht nach Travemünde kommen? Bringen Sie nur viele Banknoten mit. Es braucht nicht unbedingt etwas darauf geschrieben zu sein.«

Mein Freund lächelte.

»Du siehst«, sagte er, »wir sitzen hier ganz friedlich und werden zu Zuschauern von Romanen. Was alles können wir aus diesen letzten drei Briefen herauslesen? Tragödien, Komödien.«

Am 20. Juni kam ein neues Schreiben.

Amtlich, sorgsam geschrieben, bedeckt von Aktenzeichen: »Teile Ihnen mit, daß Banknote heute in unseren Besitz gelangte.«

Unterschrieben hatte ein gewisser M., Steuerobersekretär beim Finanzamt in K.

Tja, seitdem schweigt unser Fünfzig-Mark-Schein.

Vier Wände braucht der Mensch

Herr Mahler hatte einen ungewöhnlichen Beruf. Er war von Haus aus Spediteur, aber er hatte sich aus Krankheitsgründen zurückgezogen, nur einen seiner Transportwagen behalten und arbeitete nur noch gelegentlich. Ab und zu auch im Auftrag des Gerichts, um es genauer zu sagen: für den Gerichtsvollzieher. Es oblag ihm, gepfändete Sachen abzuholen und sie zu lagern.

Diese Arbeit übernahm Mahler sehr ungern. Er hatte einige unerfreuliche Erlebnisse hinter sich mit Besitzern von Gegenständen, die sich von eben diesen Gegenständen durch Gerichtsbeschluß trennen mußten, darunter Möbel, Bilder, Teppiche. Manchmal hatte er harte Worte einzustecken, hatte sich Klagen anzuhören oder auch Weinen auszuhalten, was ihm am unangenehmsten war, denn Richard Mahler war von Haus aus weich und empfindsam, was man ihm nicht ansah, denn er war groß und stark, ein wahrer Riese.

Eines Morgens war er wieder unterwegs mit seinem Gehilfen Frank, ein junger, schmaler Mensch, der vorgab, Student zu sein, und sich bei Mahler ein paar Mark verdiente. Sie hielten vor einem Mietshaus.

»Hoffentlich ist kein Klavier dabei«, meinte Frank, sah die Fensterfront hinauf – es war ein altes, vierstöckiges Haus mit einem sicher sehr engen Treppenhaus.

Mahler sah in die Papiere. »Nein, nein, es sind allerdings Möbel abzuholen, ein alter Schrank, eine Anrichte, zwei Teppiche und Bilder.«

Er seufzte ein wenig: »Abzuholen bei Frau Amalie Ehring.«

Mahler hatte ungern mit Frauen zu tun, er hatte Angst vor Szenen, bei denen es Tränen gab.

»Bleib vorläufig mal im Wagen«, sagte Mahler zu seinem Gehilfen, »ich will erst einmal sehen, ob überhaupt jemand zu Hause ist.«

Mahler ging ins Haus, stieg die Treppen hinauf und stand schließlich vor einer Wohnungstür mit dem Namensschild Ehring und klingelte.

Die Tür öffnete sich, und eine alte Dame stand auf der Schwelle. Sie war schmal und zart, fast gebrechlich, hielt sich dennoch sehr aufrecht, sah Mahler aufmerksam an, fast forschend, zugleich sehr distanziert, eine Dame von Welt, vielleicht von einer vergangenen Welt, aber die Sicherheit, die eine vergangene Welt für jeden bereithielt, war noch in ihr, und zwar in nicht unbeträchtlichen Spuren.

Mahler bemühte sich um äußerste Höflichkeit, sagte, daß er im Auftrag des Amtsgerichts komme und einige Sachen abzuholen hätte, und zwar die, die der Gerichtsvollzieher schon beschlagnahmt hatte.

Er murmelte: »Sie sind ja sicher verständigt worden, daß heute der Tag ist, an dem Sie sich von Ihren Sachen trennen müssen.«

Die Dame hatte ihn ausreden lassen, aber dann tat sie etwas Überraschendes: Sie schloß die Tür.

Maler seufzte und wußte: Das wird hart. Er klopfte leise

an die Tür und sagte: »Ich bin doch nur derjenige, der die Sachen abholt, Frau Ehring.«

Keine Antwort. Die alte Dame, die sicher so hinter der Tür stand wie Mahler davor, sagte kein Wort.

Mahler murmelte: »Soll ich ein anderes Mal wiederkommen? Ich könnte sagen, daß Sie unpäßlich sind, krank vielleicht, herzkrank, so daß man Ihnen Aufregung ersparen muß.«

Jetzt öffnete die alte Dame wieder die Tür und sah Mahler streng an: »Ich bin nicht herzkrank. Aber bitte kommen Sie herein und sehen Sie sich an, was Sie zerstören wollen.«

Mahler trat ein.

Die Wohnung war nicht sehr groß, aber liebevoll eingerichtet. Man sah, daß die alte Dame in guten Verhältnissen aufgewachsen war, sich auf Geschmack, auf Kultur verstand. Sie mochte ein großes Haus geführt haben und sah sich nun eingeengt auf einen schmalen Platz mit den letzten ihr verbliebenen Möbeln.

Die alte Dame hatte sich aufgerichtet. »Hier sehen Sie die Gegenstände, die Sie abholen wollen. Vielleicht bemerken Sie, daß es sich nicht um gewöhnliche Möbel handelt und nicht um eine gewöhnliche Einrichtung. Hier ist alles in besonderer Weise aufeinander abgestimmt, eine Arbeit, die Jahre in Anspruch genommen hat, bis sie erreicht war, die besondere Harmonie, die keine Veränderung mehr erträgt.«

Sie ließ keinen Blick von Mahler und fuhr fort: »Eine Wohnung ist dann gut eingerichtet, wenn derjenige, der sie bewohnt, sich beschützt vorkommt. Sie verstehen mich?«

»Ja, ich verstehe«, sagte Mahler.

»In diesem Zimmer hier kam ich mir beschützt vor«, sagte

die alte Dame, »wenn man jung ist, ist man in der Welt zu Hause, im Alter in seinen vier Wänden.« Unvermittelt, fast befehlend sagte sie: »Setzen Sie sich.«

»Ich habe noch viel zu tun«, wandte Mahler ein.

»Aber soviel Zeit werden Sie doch haben«, fuhr die alte Dame energisch fort, »um mit mir einen Kaffee zu trinken.«

»Nun ja«, meinte Mahler, »ein Täßchen vielleicht.«

Er setzte sich. Die alte Dame sah ihn nun freundlicher an. »Ich bitte Sie, etwas zu verstehen«, sagte sie, »ich befinde mich in einer Abschiedsstimmung. Diese Wohnung wird nie wieder so sein, wie sie war. Ich brauche jemanden, der mir über diesen schlimmen Moment hinweghilft. Trinken Sie ein Schnäpschen mit?«

»Ein Schnäpschen?« sagte Mahler verwundert.

»Denken Sie daran, daß ich mein Zuhause verlieren soll«, sagte die alte Dame und holte Flasche und Gläser, blieb dann stehen und sah ihn groß an: »Wissen Sie, daß ein Zuhause sterben kann?«

»Nun ja«, sagte Mahler unbehaglich.

»Wie sieht das hier aus, wenn Sie alles wegnehmen? Der Boden nackt, die Wand leer, kein Schrank, keine Bilder. Diese herrliche Anrichte, wo kommt sie hin, bei wem wird sie enden? Vierzig Jahre war sie in meinem Besitz!«

Sie hatte die Gläser gefüllt.

»Sie sehen, daß ich einen Grund habe zu trinken.«

Dies sah Mahler ein. Er trank, ließ sich erneut das Glas füllen. Die alte Dame war ihm sympathisch.

Der Gehilfe Frank saß im Wagen vor dem Haus, sah auf seine Uhr und wunderte sich. Schon war mehr als eine halbe Stunde vergangen.

Die alte Dame schenkte wieder ein. »Sie sehen natürlich«, sagte sie, »daß ich versuche, Zeit zu gewinnen. Aber ist das nicht verständlich?«

»Durchaus verständlich«, murmelte Mahler und hob das Glas, da die alte Dame ihm erneut zuprostete.

Nun ist zu sagen, daß die alte Dame kräftig einschenkte, gleichsam randvoll, weiterhin ist festzustellen, daß es sich um hochprozentigen Schnaps handelte, der zwar weich war im Geschmack, aber inwendig reines Feuer entfachte. Mahler entsann sich schließlich seines Auftrags, suchte nach seiner Liste.

»Es macht mich traurig«, murmelte er, »daß ich nun gezwungen bin, mir den eigentlichen Anlaß meines Besuches ins Gedächtnis zurückzurufen.«

»Wie?« Die alte Dame hob den Kopf und sah Mahler streng an. »Sie wollen in diesem Zustand Möbel transportieren?«

Mahler schaute sie verdutzt an, dann stand er langsam auf, bemerkte, daß er Mühe hatte, das Gleichgewicht zu halten. »Sie meinen«, flüsterte er, »ich bin nicht in der Lage, den Beschluß des Amtsgerichts durchzuführen?«

»Ganz sicher nicht«, sagte die alte Dame, die ihrerseits ein leichtes Schwanken mit großer Haltung bekämpfte.

»Ich fürchte, Sie haben recht«, sagte Mahler.

Als er herunterkam, sah er, daß sein Gehilfe Frank neben dem Wagen stand.

»Chef«, fragte er staunend, »Sie sind betrunken?«

»Ja«, murmelte Mahler, »ich stelle fest, daß ich physisch nicht in der Lage bin, einen Gerichtsbeschluß durchzuführen.«

Er hielt sich am Wagen fest und sagte ruhig, zugleich ein wenig staunend: »Die alte Dame hat mich aufs Kreuz gelegt.« Er setzte hinzu: »In einer Weise, die Bewunderung verdient.«

Drei Tage später stand Mahler erneut vor der Tür der alten Dame.

Sie öffnete, musterte Mahler und sagte: »Ah, da sind Sie ja wieder.«

»Ja, da bin ich wieder«, murmelte Mahler, »Sie werden sicher damit gerechnet haben.«

»Kommen Sie herein«, sagte die alte Dame freundlich, führte Mahler ins Wohnzimmer, sah ihn aufatmend an: »Ich habe mich bei Ihnen zu bedanken. Sie haben mir ein paar Tage geschenkt, ein paar Tage, die ich genossen habe, in einer unglaublichen Weise genossen habe. Ich empfinde ein starkes Gefühl von Dankbarkeit, dem ich Ausdruck verleihen möchte. Warten Sie.« Sie ging und holte Flasche und Gläser.

»Nein, nein«, Mahler hob erschrocken die Hände, »ich trinke nichts. Ich bitte Sie um Verständnis.«

Die Dame sah ihn groß an. »Aber ich muß mich doch erkenntlich zeigen. Sie können mir das nicht abschlagen. Wenigstens ein Glas.«

Sie schenkte ein, keinen Widerspruch duldend, und Mahler dachte: Ein Gläschen wird mich nicht gleich umwerfen. Die alte Dame hatte ihr eigenes Glas erhoben: »Sie ahnen nicht, was mir die Unterhaltung mit Ihnen gegeben hat. Sie war in der trüben Situation, in der ich mich befinde, der einzige Lichtblick.«

Ehe sich Mahler versah, hatte sie sein leeres Glas gefüllt.

»Ein Mann wie Sie wird doch ein zweites Gläschen vertragen können«, sagte sie streng.

Mahler seufzte zwar, mochte ihr aber nicht widersprechen, zumal die alte Dame nun sehr lebhaft wurde, Geschichten aus ihrem Leben erzählte und einfach nicht zu bremsen war. Eine Stunde später erschien Mahler bei seinem Gehilfen, der besorgt im Wagen gewartet hatte. »Wie, Chef«, sagte er, »Sie sind ja schon wieder betrunken!«

Mahler hielt sich an seinem Gehilfen fest und murmelte: »Ich mochte sie nicht kränken.«

»Aber Chef«, sagte Frank, »wie kriegen wir denn da die Möbel raus, wenn Sie ständig zu trinken kriegen?«

»Es ist in der Tat ein Problem«, sagte Mahler, »aber unlösbar ist der Fall nicht. Muß eben ein anderer die Möbel rausholen.«

Eine Woche später stand Mahler erneut vor der Tür der alten Dame. Stumm ließ sie ihn eintreten, führte ihn ins Wohnzimmer. Die Teppiche weg, der Schrank weg, die Anrichte weg, die Wände leer.

»Hm«, sagte Mahler, »das sieht in der Tat traurig aus.«

»Eine tote Wohnung«, sagte die alte Dame.

»Nun kriege ich wohl nichts mehr zu trinken?« murmelte Mahler.

Die alte Dame schwieg und sah selber aus wie ein wenig gestorben.

»Na ja«, sagte Mahler, »dann lade ich Sie jetzt ein, mit mir etwas zu trinken.«

Er half der alten Dame in seinen Wagen. »Wir fahren nicht weit«, sagte Mahler.

Er brachte die alte Dame in seine Wohnung, sagte: »Gehen Sie nur voraus, das Zimmer hinten rechts.«

Die alte Dame betrat das Zimmer – und sah ihre Möbel, ihren Schrank, ihre Anrichte, ihre Teppiche und ihre Bilder. Langsam drehte sie sich um.

»Ich hatte ein bißchen Geld«, murmelte Mahler, »und habe ihre Schulden bezahlt. Sie können die Sachen wieder mitnehmen, wenn Sie wollen«, er machte eine Pause, »aber Sie können auch dieses Zimmer bewohnen, gleichsam in Untermiete.«

Er zögerte, war ganz unsicher, senkte den Blick. »Ich würde ein bißchen aufpassen, daß Sie nicht gleich wieder in Schulden geraten.«

Yünnan und die drei Papageien

Herr Richter«, sagte der Teppichhändler Yünnan, »ich beantrage, von meiner Frau geschieden zu werden. Sie hat mich belogen und betrogen, sie hat mich hintergangen und unglücklich gemacht.«

Die Frau des Teppichhändlers saß trotzig da, eine zierliche Person mit schwarzen Haaren und feurigen Augen.

»Yünnan«, sagte sie, »oh, wie unduldsam du bist, daß du deinen Phantasien nachgibst, die dir die Eifersucht eingibt. Nichts habe ich getan, nichts, was unrechtmäßig wäre und gegen Gesetz und Sitten verstößt.«

»Ich habe Beweise«, sagte der Teppichhändler störrisch.

Der Richter rief verdrießlich: »Dann bringe sie, auf daß ein jeder sich ein Bild machen kann.«

»Ich werde es tun, erhabener Richter. Ihr wißt, daß mein Beruf mich zwingt, weite Reisen zu unternehmen. Ich bin wochenlang abwesend, und schon immer plagte mich die Sorge, was in diesen traurigen Wochen mein Weib zu Hause beginnen möge, da sie leidenschaftlicher Natur ist und das Alleinsein schlecht ertragen kann.«

»Das ist nichts«, rief der Richter, »welche Frau, wenn sie so jung und frisch aussieht wie die deine, sollte sich des Alleinseins freuen?«

»Höret nur weiter«, widersprach der Teppichhändler. »Ich dachte: Ei, ein Weib ist schwach und das Gewissen ein Sieb, durch das die schlechten Taten hindurchschlüpfen. Ich sann lange nach und kam auf den Gedanken, meine Stimme zu Hause zu lassen –«

»Wie das?« verwunderte sich der Richter.

»Ich kaufte mir drei Papageien und lehrte sie sprechen. Ich sagte zu meiner Frau: ›Weib, dies sind drei Papageien, die dich ständig an mich erinnern sollen. Solltest du Anfechtungen verspüren, so höre auf die Papageien, und deine Anfechtungen werden vorübergehen.‹«

Der Richter lächelte: »Du bist ein Schlauberger, Yünnan, was hast du deine Papageien gelehrt?«

»Herr«, sprach der Teppichhändler, »den ersten brachte ich im Hausflur unter, daß er die Besucher empfange mit den mißgünstigen Worten: ›Wenn es denn sein muß.‹ Den zweiten dieser sprechenden Tiere plazierte ich ins Wohnzimmer, lehrte ihn, wild mit den Flügeln zu schlagen und zu kreischen, sobald er eines Besuchers ansichtig wurde: ›Aber nur ganz kurze Zeit.‹

Und den dritten, hoher Richter, hatte ich aus Notwehr für

äußerste Fälle gedacht. Er hockte auf der Fensterbank und hatte gellend zu rufen: ›Tu's nicht, tu's nicht.‹«

»Das sind sonderbare Einfälle«, sprach der Richter, »da du nun hier stehst und geschieden zu werden verlangst, muß ich annehmen, daß alle diese Vorkehrungen nichts nutzten?«

»Sie nutzten nichts«, versetzte Yünnan düster. »Als ich nach Hause kam, empfing mich zwar mein Weib mit herzlicher Umarmung. Doch sie täuschte mich nicht. Es wurde offenbar, daß sie mich betrogen hatte.«

»Wie willst du das beweisen«, fragte der Richter, und der Teppichhändler murmelte: »Sie hatte die Papageien vertauscht, der dritte war der erste, der zweite der dritte und der erste der zweite. So hörte ich, als ich hereinkam, den gellenden Schrei: ›Tu's nicht, tu's nicht.‹ Ich kam in den Salon und hörte: ›Wenn es denn sein muß‹, und im Schlafzimmer, Herr Richter, flüsterte mein Papagei von der Fensterbank: ›Aber nur ganz kurz.‹«

Der Teppichhändler reckte sich auf.

»Dies alles, Herr Richter, hätte mich nicht in solche Wut gebracht. Aber hören Sie das Schlimmste: Alle Papageien waren heiser.«

Zweierlei Augen

Rudek bog in die enge Gasse ein, und Paulsen folgte ihm. Sie sprachen nicht, sondern gingen stumm nebeneinander her. Rudek atmete tief.

Der Hafen war ganz nahe, und der Geruch von Teer, Fischen und salziger Luft fing sich zwischen den kleinen, windschiefen Häusern. Man sah die Michaeliskirche mit ihrem schlanken, grünen, schimmernden Turm. Er stand im Glanz der Sonne, als schwebe er. Das Pflaster war sehr schlecht, dick und rundköpfig, und mancherlei Waschwasser war aus den Häusern herausgeschüttet, und die Sonne funkelte und zeichnete das Muster des Pflasters nach.

Rudek liebte diese kleinen, engen Gassen.

Ein Kind hockte auf der Erde und ließ ein Papierschiffchen in der Gosse schwimmen. Das Schiffchen schnellte geschwind über die geschliffenen, schwarzen Steine. Es war aus Zeitungspapier, und man las ein paar Überschriften: ›Streik in Paris‹ und: ›Moskau dementiert.‹ Mehr las man nicht. Da schwammen die Weltnachrichten in der Gosse, und ein Kind hatte ein Schiffchen daraus gemacht, und es hüpfte mit ausgelassenen kleinen Schreien neben der abenteuerlichen Schiffsreise her.

Sieh da, dachte Rudek, dies ist vielleicht eine Art, die Weltpresse zu behandeln.

Ein paar Schritte weiter stand ein junges Mädchen mitten

in der Gasse. Alles an ihr leuchtete in der Sonne. Die Haare flammten, und der Rock war ein Gewebe aus Licht, in dem sich ihre Gestalt in dunkleren Konturen abmalte. Sie sprach mit einem jungen Mann, der krause, dunkelblonde Haare hatte. Sie standen inmitten der Gasse, so wie sie sich getroffen hatten, gleichsam mit gebanntem Fuß, und Rudek lächelte, denn er begriff jene süße Befangenheit, die die Bewegung unsicher und den Blick weicher macht.

Du liebe Zeit, dachte Rudek, das Schönste im Leben ist aller Dinge Anfang. Aller Anfang ist abenteuerlich und makellos. Sie sehen sich an und lieben sich. Aber ihre Liebe hat noch keinen Gegenstand, sie ist eine Idee, eine Vorstellung, eine Träumerei. Das Mädchen hatte eine helle, verhaltene Stimme. Rudek hörte es im Vorbeischreiten.

Mein Gott, dachte er, das Glückliche daran ist, daß sie noch keine Erfahrung haben. Erfahrungen sind schwer wie Mühlsteine, und wer sie trägt, hat keinen leichten Schritt mehr. Man sieht ihr an, daß sie einen leichten, schwebenden Schritt hat.

Wir haben alle, dachte Rudek, zuviel Erfahrungen in uns. Über Gott, Krieg, Tod und Teufel. Unsere Erfahrungen machen, daß wir gedrückt am Boden schleichen, in der Furcht leben und nichts mehr in uns entwickeln können.

Die Gasse lag im Licht. Die Küchendünste fuhren wie Nebel aus den Fenstern, leuchtender Nebel, der alle Konturen unscharf machte. Vor einem Hause saß ein alter Schiffer. Die Große Fahrt war für ihn vorbei. Sie hatten ihn hinausgetragen, und er saß auf einem Stuhl, und eine alte Schiffskatze hockte schläfrig auf seinem Schoß. Er selbst strickte.

Rudek sah und hörte, wie der Alte mit den Nadeln klapperte. Zu nichts war dieser Alte zu gebrauchen. Man brachte ihn heraus, solange die Sonne schien, und man würde ihn hereinholen, wenn die Luft kalt und es finster war. Aber er strickt einen Strumpf. Und dieser Strumpf ist nützlich. Und das Nützliche ist schön.

Rudek hatte diesen Gedanken: Im Nützlichen sollte die Befriedigung der Menschheit liegen. Es ist ihr großer, ihr segensreicher Impuls, den sie selbst andauernd verrät. Das Nützliche zu tun ist eine schmucklose Sache, gleichsam die rauhe Schale um einen Kern, der eine Kostbarkeit ist. Liebe, Moral, Treue und alle Dinge der Barmherzigkeit entwickeln sich unter der Tätigkeit des Nützlichen, so wie die Aktionen der Zerstörung die Grausamkeit fördern, den Neid, den Haß und den blinden Trieb.

Man kann allerhand denken, dachte Rudek, wenn man einen alten Mann stricken sieht.

Das Ende der Gasse kam übrigens näher.

Das Brausen des Lärms wurde lauter. Und schon sah man fern in jenem Ausschnitt, den die enge Gasse gewährte, die

Autos vorbeifahren, das Hin und Her des geschäftigen Alltags.

Nun standen sie wieder auf dem Asphalt, und jetzt erst wandte sich Paulsen an Rudek.

»He«, sagte er verdrießlich, »kannst du mir sagen, warum wir eigentlich durch diese Gasse gegangen sind? Sie stinkt, und man hat den ganzen Unrat an den Beinen.«

Kein Feigling, der Herr Schreiber

Herr Schreiber war heute länger im Büro geblieben. Er war einige Wochen im Urlaub gewesen, und es hatte sich in seiner Abwesenheit so viel Arbeit angehäuft, daß er Überstunden gemacht hatte.

Als er das Büro verließ, war es schon dunkel. Er zog seinen Mantel enger um sich, denn es ging ein scharfer, kalter Wind.

Er ging zu seinem Wagen am Straßenrand, als ihn ein kleines Mädchen ansprach.

»Verzeihen Sie bitte«, sagte das Kind.

Das Mädchen war etwa elf Jahre alt. Es fror, das kleine Gesicht war bleich, die Augen sehr groß und ein wenig dunkel vor Aufregung.

»Würden Sie mir helfen?« fragte das Kind.

»Womit kann ich dir helfen?« fragte Schreiber verwundert.

Das Mädchen zeigte auf die Gastwirtschaft an der Straßenecke. »Da im Lokal ist meine Mutter. Würden Sie hineingehen und ihr die Autoschlüssel wegnehmen? Ihr Wagen steht genau hinter Ihrem Wagen.«

Schreiber war verdutzt. »Deine Mutter ist dort im Lokal, und ich soll ihr die Autoschlüssel wegnehmen?«

»Ja, bitte«, sagte das Mädchen höflich.

Schreiber sagte kopfschüttelnd: »Warum gehst du nicht selber rein?«

»Ich war ja drin«, sagte das Mädchen, immer mit jener sonderbaren Höflichkeit, die der Szene einen fast unwirklichen Anstrich gab, »aber sie hat mir die Schlüssel nicht gegeben.«

»Warum soll sie nicht fahren?« fragte Schreiber.

»Ich glaube, sie ist betrunken«, sagte das Mädchen.

Schreiber fror, er wollte nach Hause, er hatte die Wagentür schon aufgeschlossen.

»Ah«, sagte er, »sie wird schon wissen, daß man nicht Auto fährt, wenn man betrunken ist.«

»Nein«, sagte das Mädchen, »das weiß sie nur, wenn sie nicht getrunken hat.«

»Ja«, murmelte Schreiber, »das ist logisch.«

Das Kind stand vor ihm, hielt den Blick fest auf ihn gerichtet und wartete.

»Hast du Angst um deine Mutter?«

Das Kind nickte.

Ärgerlich warf Schreiber die Tür des Wagens wieder zu. Er zögerte. »Ich kann doch deiner Mutter die Autoschlüssel nicht wegnehmen. Sie wird sie mir nicht geben.«

»Können Sie nicht sagen, daß Sie von der Polizei sind?«

Schreiber lachte, aber das Mädchen lachte nicht. Es hielt immer noch den Blick auf ihn gerichtet.

Er murmelte: »Gut, gehen wir mal zusammen rein.«

»Nein, nein«, sagte das Mädchen, »sie hat mich doch rausgeworfen. Ich kann nicht wieder reingehen.«

Jetzt nahm sie seine Hand: »Bitte, kommen Sie.«

Die Hand des Mädchens war kalt wie Eis. Es mußte schon sehr lange draußen gestanden haben.

Sie zog ihn vor die Fenster des Lokals. »Bitte«, sagte das Mädchen, »sehen Sie hinein.«

Man sah undeutlich, durch Gardinen behindert, einen Raum, der voll von Menschen war. Schreiber kannte das Lokal, hatte dort mal ein Bier getrunken. Es war ein sehr einfaches Lokal, eine Kneipe, und das Publikum war nicht besonders.

Das Mädchen sagte: »Dort, der Tisch neben dem Glücksspielautomaten an der Wand.«

Schreiber sah eine sehr junge Frau an einem Tisch. Die Frau hatte lange schwarze Haare, so eine Art Südseetyp, dachte Schreiber. Die Frau sprach mit einem Kellner, sie lachte, warf sich zurück, eine Bewegung, die einen Blick auf ihre Figur gestattete.

»Das ist sie«, sagte das Mädchen.

»Wie heißt sie?« fragte Schreiber.

»Wir heißen Mangold«, sagte das Mädchen und fuhr eifrig fort: »Sie könnten ihr sagen, daß ihr Wagen weg muß, daß ihr Wagen Sie stört.«

Ärgerlich erwiderte Schreiber: »Ich müßte ihr doch erklären, woher ich weiß, daß Sie die Besitzerin des Wagens ist.«

Das Mädchen hatte seine Hand nicht losgelassen.

Gegen seinen Willen, fast automatisch, sagte Schreiber: »Also, dann geh ich mal rein.«

Das Mädchen ließ ihn sofort los.

Um Himmels willen, dachte Schreiber, auf was läßt du dich da ein. Er öffnete die Tür des Lokals und ging hinein.

Der Lärm umfing ihn. Das Lokal war ein lautes Lokal, mit ungenierten Leuten, die sich benahmen, wie sie wollten, laut lachend, laut redend. Wieder einmal wußte Schreiber: kein gutes Lokal.

Zögernd ging er auf den Tisch zu, an dem die junge Frau saß. Irgendwie fühlte Schreiber die Blicke des Kindes in seinem Rücken.

»Erlauben Sie?«, fragte Schreiber höflich.

Die Frau sagte nichts, lehnte sich nur zurück, sah ihn an. Ihre Augen hatten keinen Glanz. Man sah sofort, die Frau war betrunken. Ihre Bewegungen waren ein wenig abrupt, die Gesichtshaut zuckte, ihr Mund stand ein wenig offen. Eine hübsche Frau, das war sie sicher. Aber ebenso sicher war, daß ihr Verstand nicht mehr funktionierte, jedenfalls nicht auf normale Weise.

Schreiber beugte sich vor. »Hören Sie«, sagte er, »draußen steht Ihre Tochter, die sich Sorgen um Sie macht.«

Die junge Frau starrte ihn an, mit einem kleinen Funken Überraschung in ihren Augen.

»Ihre Tochter meint, Sie sollten jetzt aufhören zu trinken und nach Hause gehen.«

»Hat sie Sie reingeschickt?«

»Ja«, nickte Schreiber, »sie hat mich gebeten, Sie um Ihre Wagenschlüssel zu bitten.«

Die Frau sagte zornig: »Sie soll mich in Ruhe lassen. Sie soll nach Hause gehen. Sagen Sie ihr das, daß sie nach Hause gehen soll.«

»Sie hat Angst um Sie. Sie glaubt, daß Sie betrunken sind. Und wenn ich Sie ansehe, dann muß ich sagen: Sie sind es. Sicher nicht fähig, ein Auto zu fahren.«

Sie funkelte ihn an. »Mischen Sie sich nicht in meine Angelegenheiten.«

Schreiber ließ nicht locker. Er redete weiter, aber die Frau war ganz unzugänglich und wurde so laut, daß man sich nach ihr umdrehte.

Ein Mann, der an der Theke gestanden hatte, drehte sich um, kam auf den Tisch zu.

Schreiber kannte diese Typen. Er war jung, kräftig, trug ein Seidenhemd, einen goldenen Ring am Finger.

Dieser Mann baute sich vor dem Tisch auf. »Belästigen Sie die Dame?«

Schreiber stand auf.

»Nein«, sagte er, »ich bat die Dame um ihre Autoschlüssel, da sie ganz sicher nicht in der Lage ist zu fahren.«

»Hauen Sie ab«, sagte der Typ mit dem goldenen Ring am Finger.

Schreiber ging wieder hinaus, während der Mann am Tisch der jungen Frau Platz nahm.

Das Kind empfing Schreiber.

»Nichts zu machen«, sagte er und lächelte ein wenig: »Mich hat sie auch rausgeworfen. Sie sagt, du sollst nach Hause gehen.«

»Ich gehe nicht nach Hause«, sagte das Kind.

»Du willst hier draußen bleiben? Es ist ja viel zu kalt.«

»Mir ist nicht kalt«, sagte das Mädchen.

»Natürlich ist dir kalt«, sagte Schreiber ärgerlich. Er umfaßte ihr Gesicht. »Deine Backen sind ja wie Eis.« Er schloß wieder seinen Wagen auf.

»Komm mal mit rein«, sagte er.

Beide stiegen in den Wagen. Schreiber stellte die Heizung an. »Was ist denn los mit deiner Mutter? Ist sie Alkoholikerin?«

Das Kind schüttelte den Kopf. »Sie ist heute entlassen worden.«

»Sie hat ihre Stellung verloren?«

Das Kind nickte. »Ich sagte: Mama, das ist doch nicht so schlimm. Wir werden schon weiterkommen.«

»Du hast keinen Vater?«

Das Kind schüttelte den Kopf.

»Ah so«, sagte Schreiber, »deine Mutter ist unglücklich.«

»Ja«, sagte das Mädchen. »Ich habe ihr gesagt: Mama, geh nicht weg. Ich gehe jeden Morgen nach der Zeitung.«

»Wieso nach der Zeitung?«

»Wegen der Stellenanzeigen.«

»Was macht denn deine Mutter? Was hat sie gelernt?«

»Maschineschreiben.«

»Das ist doch gut«, sagte Schreiber, »Sekretärinnen werden immer wieder gesucht.«

»Aber sie sagt, sie schreibt nicht schnell genug. Sie macht zu viele Fehler.« Das Kind sah Schreiber an: »Ist das schlimm, wenn man Fehler macht?«

»Kommt drauf an«, murmelte Schreiber, »es gibt Fehler, die eigentlich keine sind, aber es gibt natürlich auch schlimme Fehler.«

Beide sahen hinaus, denn die Tür zum Lokal hatte sich geöffnet.

Die junge Frau kam heraus, in Begleitung des Typs, den Schreiber gesehen hatte, den Mann im Seidenhemd mit dem goldenen Ring am Finger. Er hatte die junge Frau, die kaum gehen konnte, untergehakt und steuerte auf einen Wagen zu. Schreiber dachte: Jetzt ist sie dabei, einen schlimmen Fehler zu machen. Jetzt wird sie abgeschleppt.

Das Kind öffnete die Wagentür, lief hinaus.

»Mama?«

Die Frau wandte sich um.

Schreiber dachte: Jetzt nichts wie weg. Laß den Motor an, fahr los, das ist nicht mehr deine Sache.

Aber dann stieg er doch langsam aus, atmete tief auf, dachte: Du bist ein Idiot, Alexander, aber in Gottes Namen. Er ging auf das Paar zu.

»Hören Sie mal«, sagte er zu dem Mann, »Sie können das nicht machen. Die Dame hat eine Tochter, um die sie sich kümmern muß.«

Die Frau fuhr das Kind an: »Ich habe gesagt, du sollst nach Hause gehen.«

»Hast du gehört?« sagte der Typ, der die Frau besitzergreifend, besitzverteidigend am Arm hielt, zu dem Kind und wandte sich dann drohend an Schreiber: »Verschwinden Sie, und nehmen Sie das Gör mit.«

»Tut mir leid«, sagte Schreiber, »daraus wird nichts, ich verschwinde nicht und das Kind auch nicht.«

»Lassen Sie meine Mutter los«, rief das Kind, stürzte auf den Mann zu und schlug ihn. Der Mann stieß das Kind beiseite, so daß es zu Boden stürzte.

Schreiber fühlte eine leise Verwunderung in sich, als er ausholte, und er dachte staunend: Ich prügle mich? Dann erwischte er den Mann mit der Faust am Kinn.

Der war seinerseits ganz verwundert, schlug zurück, und ehe sich Schreiber versah, lag er auf dem Boden, wälzte sich mit dem Mann, umklammerte ihn, schlug ihn, trat ihn, bis andere Leute hinzukamen und die beiden trennten.

Schreiber atmete schwer, sein Hemd war zerrissen, er

sammelte die Knöpfe seiner Jacke ein und fühlte plötzlich einen Arm, der sich um seinen Hals legte. Er kauerte am Boden, drehte sich um und sah in die Augen des Mädchens. Es lachte: »Der Kerl ist weg.«

Ein unbeschreiblich warmes Gefühl durchflutete Schreiber, er preßte das Mädchen an sich.

Guten Freunden gestand er Jahre später: »Wenn ich die Mutter geheiratet habe, dann nicht, weil sie ungeheuer reizend war, sondern weil ich wußte, was für eine Tochter ich kriege. Eine hinreißende Tochter. Ab und zu sehen wir uns an, und dann wissen wir beide, woran wir denken, daß wir einmal einen Riesenkerl in die Flucht geschlagen haben, der es nicht fertiggebracht hat, uns zu Feiglingen zu machen.«

Der Scherz und seine tiefere Bedeutung

Etwas unbeholfen kletterte Professor Gisevius die Stufen des Wohnwagens hinauf. Er klopfte an. Niemand bat ihn herein. Nach verschiedentlichem Räuspern drückte er die Klinke hinunter. Der berühmte Clown Gigg saß vor dem Spiegel und schminkte sich. Die Uhr zeigte nur zehn Minuten bis zu seinem Auftritt. Der Professor räusperte sich noch einmal und rückte nervös an seiner Brille.

Gigg wandte sich um.

Die Nase flammte grell rot. Der Mund war durch kalkweiße Striche ins Breite gezogen. Der Kohlestift hatte den Augenbrauen den berühmten Schwung gegeben. Gigg, der Clown, war weltbekannt.

Der Professor verbeugte sich. »Entschuldigen Sie«, sagte er sehr höflich, »daß ich Sie hier aufgesucht habe. Mein

Name ist Professor Gisevius. Haben Sie ihn schon einmal gehört?«

Gigg schüttelte langsam das massige Haupt. Es störte den Professor, daß er auf diesem Gesicht nichts lesen konnte. Gigg trug eine strohgelbe Perücke und einen steifen Hut, der viel zu klein war.

»Ich lehre an der hiesigen Universität«, sagte der Professor, »und habe die Erforschung des Humors, des Witzes zu meiner Lebensaufgabe gemacht. Was liegt näher, als daß ich nun, da das Schicksal Sie in diese Stadt führt, Sie aufsuche, um auch von Ihnen zu hören, was Sie dazu zu sagen haben?«

»Sie haben sich etwas Großes vorgenommen, Professor.« Die Stimme des Clowns klang ernst und dunkel. Der Professor hatte nicht geahnt, daß der Clown eine so tiefe, männliche Stimme haben würde. Es berührte ihn angenehm.

Lebhaft sagte er: »Ich suche die Quelle und die Grenzen des Scherzes, und ich gestehe, daß ich noch zu keinem Ergebnis gekommen bin.«

Der Clown lächelte etwas. Der grelle Mund spaltete das ganze Gesicht. »Ich sehe, daß Sie ein ernsthafter Mann sind.« Er stand auf. »Mein Auftritt kommt, Professor.« Er überlegte einen Augenblick und sagte dann: »Würde es Ihnen etwas ausmachen, mit mir in die Manege zu gehen?«

Der Professor stutzte. Er fuhr nervös über seinen Anzug und sagte: »Ich verstehe nicht …«

»Nun«, sagte Gigg, »Sie sollten darüber reden. Sie stellen sich hin und sprechen darüber – und ich werde antworten.«

»Allerdings«, sagte der Professor, »habe ich über dieses Thema schon oft gesprochen.«

»So werden Sie sich ausdrücken können«, meinte der Clown lächelnd.

Der Professor, durch die ganze Unterredung ermuntert und in dieser Atmosphäre fast verwegen geworden, nickte.

Etwas befangen trat Gisevius in das Zelt ein. Die Musik hämmerte. Die Umbauleute hantierten mit Geräten. Schimmernd in prunkvollen Uniformen stand die Garde der Zirkusleute. Die Gesichter der Zuschauer säumten das gelbe Rund der Manege.

Ehe sich der Professor versah, schoß Gigg voraus und überschlug sich, während er einen krächzenden Laut der Wonne ausstieß. Gisevius erschrak. Er stand ganz benommen und unsicher da.

Gigg saß mit breiter Hose im Sand und starrte seinen Partner an. Die Zuschauer rasten vor Vergnügen.

Der Professor trat würdevoll näher und winkte mit der Hand. Er faßte nervös an seinen Kneifer und fuhr sich übers Haar. Seine Studenten kannten diese Bewegung. Doch hier schlug das Gelächter in Wellen über ihm zusammen.

Gigg trottete herum, sah listig auf ihn und machte seine Bewegungen nach.

»Herr Gigg«, sagte der Professor würdevoll, »sagen Sie doch den Leuten, daß sie schweigen sollen.«

Gigg stand wie ein Schuljunge da und rief: »Silentium.«

Professor Gisevius räusperte sich. Und wieder platzte das Zelt vom Gelächter.

Der Professor stand ungeheuer verwirrt da, blickte streng und winkte noch einmal.

»Meine Damen und Herren. Ich spreche zu Ihnen heute abend über Ursprung und Grenzen des Witzes ...«

Das Gelächter wogte wieder auf. Der Professor wischte sich den Schweiß von der Stirn. Er blickte hilfeflehend auf Gigg. Es irritierte ihn, mit den Schuhen im tiefen Sand zu stehen, er hatte keinen Halt und fühlte sich unsicher. Aber er faßte sich: »Über den Ursprung und die Grenzen des Witzes ...«

Weiß der Himmel, was die Leute daran komisch fanden. Sie brüllten vor Lachen.

»Ich bin Professor an der hiesigen Universität«, rief Gisevius schrill. Wieder Gelächter. Gigg war ein Teufel. Er tat nichts, um die Sache zu erklären. Er trieb irgendwelche Scherze, und die Leute lachten schon, wenn der Professor den Mund auftat.

»Ich bitte um Gehör für eine ernste Angelegenheit«, rief der Professor fast weinend, ohne mehr damit zu erreichen, als daß die Leute sich vor Lachen bogen, als fahre ein Sturm über sie dahin.

Der Professor schüttelte den Kopf und trat ab.

Er saß auf der Wohnwagenstiege, als Gigg kam. »Was ist mit diesen Leuten?« fragte der Professor verstört. »Kann man sich nicht ernsthaft über den Witz unterhalten?«

Gigg zog mit dem Abschminklappen einen Strich quer durch sein Gesicht. »Sie haben erfahren, Professor, was Sie in Jahren nicht herausgefunden hätten. Der Witz hat keine Grenzen, der Scherz reicht weiter als alles andere. Alles, Professor«, sagte Gigg mit dunkler Stimme, »alles ist letzten Endes ein Scherz ...«

Hattest du eine gute Fahrt?

Wieder einmal kam Werner später nach Hause, als er gesagt hatte.

»Tut mir leid«, sagte er zu Renate, »sie haben mich im Büro festgehalten. Ich kam einfach nicht weg.«

»Was gab es denn da?«

»Ah, eine Besprechung mit den Abteilungsleitern. Der Chef ließ sich auch mal blicken. Du weißt, wie das ist: Man redet und redet und kommt nicht vom Fleck.« Er zog seine Jacke aus.

»Ich kann ja nicht sagen«, er lächelte schwach, »meine Frau zu Hause macht sich sicher Sorgen.«

»Ich machte mir Sorgen«, sagte Renate, »hättest du nicht anrufen können?«

Fast ärgerlich erwiderte Werner: »Natürlich hätte ich das tun können. Aber ich hätte dir nicht sagen können, wann die Besprechung zu Ende ist. Du hörst doch, das hat sich hingezogen.«

Er war nicht bereit, über das Thema weiter zu sprechen, ging ins Bad und wusch sich die Hände. Er wirkte abwesend, sein Gesicht war gerötet.

Renate fühlte es plötzlich: Er sagt mir nicht die Wahrheit. Er lügt. Dieser Gedanke betäubte sie fast.

Ihre Ehe war bisher tadellos gewesen. Es hatte nie Konflikte gegeben. Beide waren einem Streit immer aus dem Weg gegangen. Sie nahmen Rücksicht aufeinander.

Werner setzte sich an den Abendbrottisch.

»Tut mir leid«, sagte sie kurz angebunden, »das Essen war fertig. Es ist kalt geworden, und ich mußte es warm machen.«

»Schon gut«, murmelte er, »spielt keine Rolle.«

Er aß abwesend, sprach wenig und schien ganz in Gedanken verloren. Er ging früh zu Bett, nach einem Abend, der nicht von Gesprächen belebt war.

Wenn sie im Bett lagen, pflegten sie noch miteinander zu reden. Ein paar Minuten nur, aber dieses Gespräch schloß den Tag ab. Nichts dergleichen heute. Werner starrte mit offenen Augen gegen die Decke. Als Renate ihm ihre Hand entgegenstreckte, nahm er sie nicht.

Am nächsten Morgen war er früher auf als sonst.

»Hast du schon eine Besprechung früh morgens?« versuchte sie einen Scherz.

»Jaja«, sagte er abwesend, »in gewisser Weise schon.« Er lächelte schwach. »Morgens kann man mit gewissen Leuten am besten reden.«

»Worüber?« fragte sie lakonisch.

»Nun«, meinte er, »es geht um Vorschläge zur Verbesserung –«, er stockte etwas, sah sie fast ein wenig ironisch an, »– der innerbetrieblichen Lage.«

Renate hatte das Gefühl, als mache er sich in diesem Augenblick ein wenig über sie lustig.

»Kommst du heute mittag nach Hause?« fragte sie.

»Ah so«, er schien ein wenig zu erschrecken, als habe er ganz vergessen, daß er manchmal mittags nach Hause kam, weil die Firma, in der er arbeitete, nicht weit entfernt lag. Mit dem Auto konnte er in fünf Minuten zu Hause sein. »Nein, ich komme heute nicht nach Hause.«

Er gab ihr nur oberflächlich die Hand und verschwand.

Renate blieb zurück, ärgerlich, fast ein wenig aufgebracht. Ganz plötzlich überkam sie der Verdacht: Eine andere Frau? Nie hatte sie bisher Grund gehabt, an der Treue ihres Mannes zu zweifeln. Nicht einmal der Gedanke war ihr gekommen.

Den ganzen Tag über war sie in äußerster Unruhe, wartete auf ihren Mann, der gewöhnlich gegen sechs Uhr abends nach Hause kam.

Er kam nicht. Er kam erst gegen acht und war ein wenig außer Atem, als er die Wohnungstür aufschloß, als sei er die Treppen hastig heraufgelaufen. Sie sah ihn an und wußte sofort: Er hat ein schlechtes Gewissen.

»Du kommst aber spät heute«, sagte sie und nahm ihm den Mantel ab.

»Ja«, murmelte er, »ich war noch mit einem Kollegen zusammen.«

»Ihr habt wohl über die innerbetriebliche Lage gesprochen?« erlaubte sie sich eine ironische Bemerkung.

Er nahm die Ironie gar nicht wahr, nickte nur kurz.

»Ja«, sagte er und setzte gleich hinzu, »ich habe schon gegessen.«

Renate hatte keine große Mühe, festzustellen, daß seine Kleidung nach Rauch roch, nach Zigarettenrauch. Werner war Nichtraucher. War da nicht auch ein Duft von Parfum?«

Auch an diesem Abend sprach ihr Mann wenig, setzte sich in den Sessel, sah ein wenig fern. Er tat, als interessiere ihn, was er sah, aber sie bemerkte sehr wohl, daß sein Blick völlig interesselos war.

»Schätzchen«, sagte er dann plötzlich nach einer Pause, in der er offenbar seinen ganzen Mut zusammengenommen hatte, »ich muß morgen nach Köln. Ich bleibe dort vielleicht für drei Tage.«

»Nach Köln?«

»Ja, die Firma schickt mich hin. Es sind dort wichtige Verhandlungen zu führen.« Er stockte ein wenig. »Es ist ein Auftrag, der wahnsinnig wichtig ist.«

»Wann fährst du?«

»Gleich morgen früh.«

»Soll ich dich zur Bahn fahren?«

»Nicht nötig«, sagte er hastig, »der Zug geht schon gegen sieben. Du mußt nicht meinetwegen aufstehen.«

»Wie du willst«, murmelte sie.

Sie sah ihm zu, wie er seinen Koffer packte. Er nahm den besten Anzug, Hemden, Krawatten. Er war darin sorgfältiger als sonst, schien lange zu überlegen, welche Krawatte er nehmen sollte.

»Rufst du mal an aus Köln?«

»Ja, natürlich«, sagte er.

Renate merkte in den nächsten beiden Tagen, wie unruhig, bestürzt und mißtrauisch sie war.

Ihr Mann hatte versprochen, jeden Abend anzurufen. Er tat es auch. Aber die Gespräche waren kurz, verliefen fast hastig, reine Pflichtübungen.

»Ich komme morgen zurück«, sagte er.

»Soll ich dich von der Bahn abholen?«

»Nein, nein«, widersprach er schnell, »ich komme mit

dem letzten Zug, kurz vor Mitternacht. Ich möchte nicht, daß du auf dem Bahnhof herumstehst.«

Werner schloß die Wohnungstür auf, stellte den Koffer in den Flur. Er wirkte ein wenig matt und abgespannt.

»Hallo«, sagte er und schloß Renate in die Arme, »da bin ich wieder.«

Sie atmete tief auf. »Bist du gerade angekommen?«

»Vor einer halben Stunde«, sagte er ein wenig verwundert.

»Aus Köln?«

»Natürlich aus Köln«, sagte er etwas ärgerlich, »ich sagte dir doch, daß ich mit dem letzten Zug komme.«

»Hattest du eine gute Fahrt?«

»Ja, danke. Sehr gut.«

Sie ging ihm voraus ins Wohnzimmer.

»Wie war es denn in Köln? Warst du erfolgreich?«

Er lächelte schwach.

»Das stellt sich immer erst später heraus.«

»Möchtest du etwas essen?«

»Nein, ich habe im Speisewagen gegessen.«

»Soso«, sagte sie, »wie sind denn die Speisewagen heutzutage?«

»Ausgezeichnet.«

»Hast du gut gegessen? Was gab's denn?«

Er hob ein wenig unsicher die Schultern.

Sie lachte: »Du mußt doch wissen, was du gegessen hast.«

»Ist das so wichtig?« murmelte er.

Sie beharrte: »Ich möchte es gern wissen. Es interessiert mich. Gab es Geflügel?«

»Es gab alles mögliche«, sagte er kurz.

Sie lächelte, sah ihn unverwandt an: »Keine Reisebekanntschaften gemacht?«

»Nein.«

»Haben nur Männer in deinem Abteil gesessen?« fragte sie und lächelte wieder.

»Ja«, murmelte er, »nur Männer.«

Sie lachte: »Dann war es keine gute Fahrt. Du fährst gern mit Frauen im Abteil. Mit möglichst netten, jungen Frauen.«

Er starrte sie an. »Weiß der Himmel, ich verstehe dein ganzes Gerede nicht.«

»Wieso?« murmelte sie. »Ich frage dich, mit wem du gereist bist.«

»Das habe ich dir ja gesagt!« rief er.

»Ja, du sagtest, es seien nur Männer im Abteil gewesen. Was für Männer waren es? Und worüber habt ihr geredet?«

Er holte Atem. »Es waren – Geschäftsleute. Der eine war – ein Buchvertreter.«

»Aha, ein Buchvertreter.«

Er murmelte: »Der andere war ein Redakteur. Mit dem ich mich über die wirtschaftliche Lage unterhalten habe.«

»Aha«, sagte sie, »dann hast du dich offenbar gut unterhalten auf der ganzen Strecke von Köln bis hierher.«

»Ja«, sagte er ärgerlich, »so gut es eben ging.«

»Hast du dich auch mit dem Buchvertreter unterhalten?«

»Ja, auch mit dem.«

»Wie alt war denn der Mann?«

»Oh, so an die sechzig«, er unterbrach sie. »Herrgott«, stieß er hervor, »ich habe die Leute doch nicht nach ihrem Alter gefragt.«

»Aber er sah aus wie sechzig.«

»Ja«, rief er ärgerlich, »ein gebildeter Mann, der sich sehr gut ausdrücken konnte.«

Renate stand auf, machte eine Pause und sagte dann schneidend: »Der Zug, von dem hier die Rede ist, ist kurz nach Köln auf einen haltenden Vorortzug gefahren. Sie haben es im Radio durchgegeben. Es hat zahlreiche Verletzte gegeben. Die Strecke ist jetzt noch nicht freigegeben.«

Werner senkte den Kopf und schwieg.

»Nun sag etwas«, rief die Frau, »du warst nicht in Köln und nicht in dem Zug von Köln.«

»Nein«, sagte er leise, »ich habe dir verschiedenes nicht gesagt. Ich habe vor einer Woche meine Stellung verloren.«

Sie hob erschrocken den Kopf.

»Ich wollte dich nicht beunruhigen und habe es dir verschwiegen. Ich habe in den vergangenen Tagen eine neue Stellung gesucht. Nicht in Köln. Sondern in Frankfurt.«

Renate wollte auf ihn zugehen.

»Mein Gott«, flüsterte sie, »und ich dachte –« Sie brach ab.

Ihr Mann sah sie an. »Ich habe dich belogen, das ist wahr.« Jetzt hob er die Stimme. »Aber als du es wußtest, warum hast du mich immer wieder lügen lassen? Warum hast du es jetzt so schlimm gemacht?«

»Verzeih bitte«, flüsterte sie und umarmte ihn.

Aber beide wußten, daß etwas Schreckliches geschehen war. Nicht in den vergangenen drei Tagen, sondern in den letzten drei Minuten.

Zahlen Sie ein andermal

Der junge Mann ging blaß und finster auf die Bank zu. Er hatte einen Scheck in der Tasche über achthundert Mark, den er einlösen sollte. Er war vor drei Tagen aus dem Gefängnis gekommen, hatte gestohlen und eine schreckliche Zeit verlebt. Er wußte nicht wohin, als er entlassen wurde. Jetzt betrat er die Bank und zog seinen Scheck aus der Tasche. Achthundert Mark sollte er bekommen …

Als er das Gefängnis verließ, hatte jemand auf ihn gewartet. Niemand von der Familie. Für die war er gestorben. Nur der Pfarrer stand draußen und wartete.

Der junge Mann mochte den Pfarrer nicht besonders. Aber der hatte ihn mit zu sich nach Hause genommen und ließ ihn bei sich wohnen. Es war sehr gemütlich dort, und der junge Mann wartete ergebungsvoll auf die üblichen Predigten, ein besseres Leben zu beginnen.

Aber jetzt gab er seinen Scheck ab. Er bekam eine Nummer, setzte sich auf eine lederbezogene Polsterbank.

Dieser Pfarrer! dachte er weiter. Nein, er hatte gar nichts geäußert. Er kam nur heute vormittag und sagte: »Lös mir doch den Scheck ein. Über achthundert Mark. Er ist für das Waisenhaus bestimmt.«

Der junge Mann saß in der Bank. Sein Gesicht war ganz fahl vor Aufregung. Das hatte er sich also ausgedacht! Ihm einen Vertrauensbeweis zu geben. Der junge Mann lachte.

Er hatte geflüstert: »Sie wissen, daß ich gestohlen habe.« Aber der Pfarrer hatte geantwortet: »Ich weiß – aber Vertrauen kann man nur erwarten, wenn man es gibt.«

Seine Nummer wurde jetzt aufgerufen. Er ging an den Schalter, und der Kassierer zählte ihm das Geld hin. Achthundert Mark – eine Menge Geld.

Der junge Mann steckte es ein und ging auf die Straße. Ach, dieses Vertrauen war widerwärtig! Es war arrogant. Man gab ihm einen Scheck und sagte: »Du wirst es schon bringen. Ich habe Vertrauen, obwohl du gestohlen hast.«

Der junge Mann ging wie im Traum geradeaus. Dies Wohlwollen war wie eine Fessel, und die Sache mit dem Scheck ganz einfach ein Experiment der christlichen Nächstenliebe. Er lachte wieder. Dieser Pfarrer mit seinem blinden Vertrauen war so schlimm wie ein Staatsanwalt, der auf ihn eindonnerte. Achthundert Mark knisterten in seiner Tasche. Der junge Mann hielt die Hand darum geklammert … Man würde weit damit kommen. Und man könnte irgendwo neu anfangen. Nur weg von der Verachtung der einen und dem Mitleid der anderen.

Plötzlich betrat der junge Mann ein Lokal. Er besaß keinen Pfennig über die achthundert Mark hinaus und bestellte doch Zigaretten, Schnaps und Bier. Nun war er schon nicht mehr ehrlich.

Er schüttete den Schnaps hinunter und bestellte einen zweiten. Das scharfe Getränk erwärmte ihn, und er saß am Tisch mit einem gewissen Triumph. Das quälende Vertrauen des Pfarrers hatte er schon zunichte gemacht. Die Scheine fühlten sich gut an. Sie gaben Macht und Sicherheit. Sollte er nicht wirklich wegfahren? Irgendwohin? Er würde dafür sorgen, daß man ihn nicht erwischte. Aber dieses Hochgefühl wich langsam. Er senkte den Kopf und starrte auf die Tischplatte.

Er müßte gleich zum Bahnhof. Er hatte die Abfahrtszeiten der Züge ungefähr im Kopf. Wohin sollte er aber? Langsam bedeckte sich sein Gesicht mit Schweiß. Ganz plötzlich wünschte er, dies Lokal nicht betreten zu haben.

Er hatte Zigaretten geraucht und Schnaps getrunken. Und das trennte ihn nun erbarmungslos von der Mitwelt. Er rief den Ober. Es machte zwei Mark und fünfzig Pfennig. Der junge Mann reichte einen Hundertmarkschein hin. Er würde gleich zum Bahnhof gehen und wegfahren.

Aber der Ober sagte: »Ich kann nicht wechseln. Haben Sie es nicht kleiner?«

»Nein«, murmelte der junge Mann und dachte: Machen Sie vorwärts. Mensch, ich halte es nicht mehr aus! Aber der Ober mußte erst weggehen, den Schein zu wechseln. Er saß da und wartete. Er krampfte die Finger zusammen und fühlte sich zum Sterben elend.

Der Ober kam wieder: »Tut mir leid – es konnte mir niemand wechseln. Ich will Ihnen was sagen – bezahlen Sie das nächste Mal.«

Der junge Mann stand auf, er schwankte fast. »Gut«, murmelte er, »mach' ich.« Und er wiederholte noch einmal ernsthaft und langsam: »Ich bringe das Geld vorbei.«

Erst als er auf der Straße stand, wurde er sich seiner frohen Stimmung bewußt. Er war ganz frei und erlöst.

»Was für ein Glück habe ich gehabt«, dachte er. »Ja, Vertrauen ist wirklich eine wunderbare Sache!«

Ein unheimlicher Fahrgast

Vor dem Bahnhof Zoo in Berlin. Der Schnellzug aus Westdeutschland war gerade eingetroffen. Die Reihe der wartenden Taxis vor dem Bahnhof rückte langsam vor.

Richard, der Taxifahrer, stieg aus seinem Wagen, als er eine alte Dame auf sein Taxi zukommen sah.

»Taxi, gnädige Frau?«

Die alte Dame sah ihn ein wenig unsicher an.

»Ja«, sagte sie mit leiser Stimme.

»Kein Gepäck, keinen Koffer?« fragte Richard.

»Wie meinen Sie?« flüsterte die alte Dame.

»Ich fragte, ob Sie Gepäck haben.«

»Nein«, sagte die alte Dame, immer mit schwebender Stimme, halblaut, stand neben dem Wagen und sah Richard abwesend an.

»Na, dann würde ich mal einsteigen«, sagte Richard freundlich. Er berührte den Ellbogen der alten Dame und half ihr beim Einsteigen.

Er setzte sich ans Steuer. »Wo soll's denn hingehen?«

Die alte Dame murmelte: »Ich möchte in die –« Sie brach ab, sagte unsicher: »Jetzt habe ich die Straße vergessen.«

Richard sagte: »Denken Sie nur in aller Ruhe nach.«

»Da wohnt nämlich mein Sohn«, flüsterte die alte Dame, »mein Sohn Eberhard.« Sie hob fragend die Stimme: »Frankenallee?«

Freundlich sagte Richard: »Liebe Frau, ich weiß nicht, wo Ihr Sohn wohnt, aber die Frankenallee gibt es. Haben Sie auch eine Hausnummer?«

Die alte Dame überlegte angestrengt, hob wieder fragend die Stimme: »Zwölf?«

»Na«, sagte Richard trocken, »fahren wir mal los.«

Er fuhr los, suchte seinen Weg durch den Verkehr. Im Rückspiegel beobachtete er die alte Dame. Sie saß abwesend, ganz ruhig, fast ohne sich zu bewegen.

»Woher kommen Sie denn?«

»Von Augsburg.«

»Na, das ist eine lange Reise. Und Sie wollen Ihren Sohn besuchen? Warum hat er Sie nicht von der Bahn abgeholt? Wußte er nicht, daß Sie kommen?«

»Nein«, sagte die Dame mit schwachem Atem.

»Na, dann wird er ja sehr überrascht sein«, lachte der Taxifahrer. Er fuhr jetzt langsam die Frankenallee entlang.

»So«, sagte Richard, »hier hätten wir die Nummer zwölf.« Er wandte sich um, sah die alte Dame an: »Sind wir richtig?« Die alte Dame sah hinaus, sah wie blind auf das Haus, antwortete nicht.

Richard stieg aus, öffnete der alten Dame die Tür. »Na, kommen Sie mal.«

Mühsam stieg die alte Dame aus, betrachtete das Haus, schien nicht in der Lage zu sein, etwas zu sagen.

»Kommen Sie«, sagte Richard nun etwas ungeduldig, »sehen wir uns das Haus mal an. Wie heißt denn Ihr Sohn?«

»Eberhard«, sagte die alte Dame leise.

»Der Nachname wäre wichtig.«

Die alte Dame schien große Mühe mit ihrer Stimme zu haben.

»Osterwald«, flüsterte sie.

»Na also«, sagte Richard befriedigt, beugte sich herunter zu den Namensschildern und suchte den Namen Osterwald.

»Osterwald? Ich finde keinen Osterwald.«

»Es ist das Haus«, flüsterte die alte Dame, »er wohnt im ersten Stock.«

Die Tür öffnete sich, und ein Hausbewohner trat auf die Straße hinaus.

»Verzeihen Sie«, sprach der Taxifahrer den Mann an, »hier im Haus soll ein gewisser Osterwald wohnen.«

Der Mann war ein wenig verblüfft und sagte schließlich: »Ja, ein Osterwald hat mal hier gewohnt, aber der ist vor drei Jahren gestorben.« Der Mann sah die alte Dame an, sagte dann überrascht: »Sind Sie nicht die Mutter? Sie waren doch damals zur Beerdigung hier.«

Die alte Dame stand ganz stumm, ganz abwesend. Der Taxifahrer sah sie verdutzt an: »Ja, wie? Sie wollen Ihren Sohn besuchen, der gar nicht mehr lebt?«

Der Hausbewohner entfernte sich. Richard fühlte sich überfordert.

»Na, kommen Sie erst einmal«, sagte er schließlich, »steigen Sie in den Wagen.«

Die alte Dame saß wieder im Wagen, gebeugt, als trüge sie eine Zentnerlast auf ihren Schultern. Sie sah ungeheuer zerbrechlich aus.

»Sie haben vergessen, daß Ihr Sohn nicht mehr lebt?« murmelte Richard. Er fühlte sich sehr unbehaglich. Die alte Dame antwortete nicht, hatte den Kopf gesenkt, saß ganz still.

»Wo wollen Sie denn jetzt hin?« fragte Richard.

Wieder keine Antwort.

»Ich bringe Sie zu einem Hotel.« Er überlegte: »Sie haben doch Geld?«

Sie schien die Frage zu verstehen, hob ihre Handtasche, reichte sie ihm.

»Ich kann doch nicht in Ihrer Tasche nachsehen«, sagte Richard ein wenig ärgerlich und gab ihr die Tasche zurück. Energisch entschied er: »Ich fahre Sie zu einem Hotel. Ich kenne da eins, das nicht teuer ist.«

Ich muß sie auf anständige Weise loswerden, sagte er sich, vermied jede weitere Unterhaltung und fuhr zu dem kleinen Hotel.

»Bitte«, sagte er, »nehmen Sie sich ein Zimmer. Der Portier wird Ihnen sagen, wie Sie morgen nach Augsburg zurückfahren können.«

Die alte Dame stieg gehorsam aus, sah mit blindem Blick auf das Hotel.

»Alles Gute«, sagte Richard hastig und fuhr los. Er hatte ganz vergessen, sich bezahlen zu lassen, schaltete ärgerlich die Uhr aus, wechselte die Richtung, fuhr auf der anderen Straßenseite wieder am Hotel vorbei und sah die alte Dame da stehen. Sie hatte keinen Fuß bewegt.

Richard seufzte, wendete noch einmal und fuhr wieder vor dem Hotel vor. Er stieg aus, sprach die alte Dame an: »Warum gehen Sie denn nicht hinein? Sie müssen doch irgendwo eine Bleibe haben.«

Die alte Dame sah ihn an, als habe sie Mühe, sich an ihn zu erinnern. Ihr Anblick machte ihn so hilflos, daß er plötzlich sagte: »Kommen Sie, steigen Sie ein.«

Richard war ärgerlich, fast ein wenig wütend. Du lieber Himmel, sagte er sich, was kümmerst du dich um eine alte Frau, die offenbar den Verstand verloren hat.

Er fuhr nach Hause, stand schließlich mit der alten Dame vor seiner Wohnungstür.

Seine Frau öffnete, sah ihren Mann und die alte Dame überrascht an.

»Ich komme mal schnell vorbei«, sagte Richard hastig, »weil – ich habe da jemanden bei mir, Frau Osterwald aus Augsburg.« Er wandte sich an die alte Dame, erklärte: »Das ist meine Frau, wollen wir mal hineingehen?« Sie gingen in die Wohnung.

»Nehmen Sie Platz, Frau Osterwald«, sagte Richard und sah seine Frau an: »Kommst du mal?«

Er ging mit seiner Frau auf den Flur hinaus und erklärte flüsternd, was er mit der alten Dame erlebt hatte.

Helga sah ihren Mann betroffen an. »Die ist nicht ganz bei sich«, sagte Helga lakonisch, »eine Frau, die vergessen hat, daß ihr Sohn tot ist, die ist«, sie zögerte vor dem Wort, sprach es aber dann entschieden aus, »die ist verrückt.« Besorgt rief sie: »Du bringst mir da eine Geisteskranke ins Haus!« Ärgerlich fuhr sie fort: »Was soll ich mit ihr machen?«

»Das weiß ich ja auch nicht«, sagte der Taxifahrer, »aber ich konnte sie doch nicht auf der Straße stehen lassen.«

»Wir müssen die Polizei anrufen.«

»Wieso die Polizei? Sie hat ja nichts getan. Sie ist ungeheuer – sanft.«

»Und ich sage dir«, erklärte Helga energisch, »schaff die Frau aus dem Haus.«

»Ja, wie denn?«

»Da gibt es doch Leute, die sich um so eine Frau kümmern. Das Rote Kreuz. Die Bahnhofsmission. Oder die Kirche. Was haben wir damit zu tun?«

Richard hob unsicher die Schultern. »Jetzt ist sie nun mal hier«, murmelte er, überlegte und fuhr fort: »Ich werde ihr eine Tasse Kaffee machen.«

»Du wirst ihr keine Tasse Kaffee machen«, sagte Helga entschieden, »du wirst ihr sagen, daß sie gehen muß. Es ist ihre Sache, wohin.«

»Das kann ich nicht machen«, sagte Richard unbehaglich, »ich bring's nicht fertig.«

»Dann werde ich es ihr sagen.«

»Nein«, erklärte Richard.

»Nein?« wunderte sich Helga.

»Nein«, wiederholte Richard entschieden.

Er ging mit seiner Frau zurück ins Wohnzimmer. Die alte Dame saß in einem Sessel, klein, völlig in sich selbst zurückgezogen.

»Frau Osterwald«, begann Richard, »geben Sie mir mal Ihre Tasche.«

»Ich weiß«, sagte die alte Dame leise, »ich schulde Ihnen Geld.«

»Nein, nein«, sagte Richard, »darum geht es nicht. Sie sind mir nichts schuldig. Ich möchte nur sehen, was Sie an Ausweisen in Ihrer Tasche haben. Darf ich?«

Die alte Dame sagte weder ja noch nein. Richard öffnete ihre Tasche, fand Ausweise, ein Notizbuch, Briefumschläge, Visitenkarten.

Richard sagte: »Hier ist ein Briefkopf mit dem Namen Osterwald, Augsburg, eine Telefonnummer dabei.«

»Sag sie mir«, sagte Helga, stand schon am Telefon.

Richard sagte die Nummer, Helga wählte sie, wartete, bis sich jemand meldete, und übergab den Hörer an ihren Mann.

Die alte Dame saß willenlos, abwesend, hatte den Kopf gesenkt. Am Telefon hatte sich eine Frauenstimme gemeldet: »Wer ist denn da?«

»Mein Name ist Schumann«, sagte Richard, »Sie werden mich nicht kennen, ich rufe aus Berlin an. Ist Ihnen eine –«, er blätterte im Ausweis der alten Dame, der vor ihm lag, und fuhr fort: »– Henriette Osterwald bekannt?«

Die Frauenstimme antwortete sofort aufgeregt: »Ja, natürlich, wo ist sie? Sie wird vermißt. Wir lassen sie schon von der Polizei suchen.«

»Sie ist bei mir in der Wohnung.«

»Aus Berlin rufen Sie an?«

»Ja, ich bin Taxifahrer.«

»Was macht sie denn in Berlin?«

»Sie wollte in der Frankenallee ihren Sohn besuchen.«

Die Frauenstimme rief: »Ihren Sohn? Ihr Sohn ist doch gestorben, der ist doch seit drei Jahren tot.« Die Frau holte Atem, war ganz erschüttert: »Und sie wollte ihn besuchen. Großer Gott.«

Richard fragte: »Gibt es dafür eine Erklärung?«

»Ja, die gibt es«, meldete sich die Frauenstimme wieder, »gestern mittag ist ihr Mann gestorben. Ganz plötzlich, er starb von einer Sekunde zur anderen. Sie war wie betäubt, ganz hilflos, und heute morgen war sie verschwunden.« Die Frau machte eine Pause, ehe sie fortfuhr: »Und ist nach Berlin gefahren zu ihrem Sohn?« Entschieden sagte sie. »Ich bin ihre Schwester. Bitte geben Sie mir die Adresse, ich bin morgen da und hole sie ab.«

Die alte Dame hatte ganz ruhig gesessen, immer noch völlig zurückgezogen in sich selbst.

Helga sah ihren Mann an, der gerade den Hörer auflegte. Sie ging zu ihm und küßte ihn.

Eine Band
geht aufs Land

Bauer Struwe sah aus dem Fenster seines Hauses. Ihm fiel auf, daß ein Wagen nun schon zum dritten Mal an seinem Gehöft vorbeifuhr. Und zwar langsam vorbeifuhr. Struwes lebten auf ihrem Bauernhof in ziemlich einsamer Gegend. Die Straße, die vorbeiführte, war eine Landstraße letzter Güte. Fremde verirrten sich hierhin nur sehr selten. Bauer Struwe dachte: Na, die werden sich verfahren haben. Er ging aus dem Haus, zum Stall hinüber.

Der Wagen auf der Straße hatte jetzt gehalten. Vier junge Leute stiegen aus und sahen sich um. Viele Felder, viel Wald, viel Wiese.

Naturliebhaber, dachte Bauer Struwe, mochte sich darin aber irren, denn die jungen Leute sahen herüber, musterten eindeutig das Gehöft, besprachen sich lebhaft.

Als Bauer Struwe aus dem Stall zurückkam, sah er die jungen Leute auf seinem Hof: Sie waren einfach hereingekommen durch das offene Tor.

Nun runzelte Bauer Struwe doch die Stirn »Darf man fragen, worum es geht?« erkundigte er sich.

»Entschuldigen Sie«, wandte sich einer der jungen Leute an Struwe und lachte auf eine Weise, die ihn ganz sympathisch machte. »Wir sehen uns ein bißchen um. Sie erlauben?«

»Was wollen Sie sehen?« fragte Struwe. »Dies ist ein ganz normaler Bauernhof.«

»Das ist ja das Schöne«, lachte der junge Mann und fuhr lebhaft fort: »Wir fuhren hier vorbei und dachten plötzlich: Was für eine Gegend.«

»Ja, wir leben ziemlich einsam hier.«

»Kein Nachbar weit und breit.«

»Das ist richtig. Der nächste Nachbar wohnt dort hinter dem Wald.«

»Wie schön«, atmete der junge Mann auf.

Bauer Struwe sah die jungen Leute näher an. Es waren drei Männer und ein Mädchen.

»Sagen Sie«, fuhr der junge Mann fort, »was halten Sie von Musik?«

Nun staunte Bauer Struwe. »Was für eine Frage!«

»Musik ist Ihnen doch nicht unangenehm?« fragte der junge Mann lebhaft.

»Nein, nein, wir haben Radio, Fernsehen. Da gibt's ja andauernd Musik.«

»Die Sie bisher nicht gestört hat?« wollte der junge Mann wissen.

»Was soll mich daran stören?« wunderte sich Bauer Struwe.

»Das ist eine Antwort«, sagte der junge Mann erfreut, sah seine drei Gefährten an und wiederholte die Worte: »Habt ihr gehört. Er sagt, was soll mich daran stören?«

Die jungen Leute lachten, nickten einander zu, und das Mädchen sagte: »Ein hervorragender Platz. Man muß nur zehn Kilometer fahren.«

»Ich weiß, ich weiß«, sagte eifrig der Wortführer der vier.

»Wir sind mit dem Wagen in zwanzig Minuten hier. Oder in einer halben Stunde, wenn der Verkehr dichter ist: Und dann«, er atmete auf, »haben wir unsere Ruhe.«

Bauer Struwe folgte dem Gespräch stirnrunzelnd.

Der junge Mann lachte ihn an. »Wir sprechen in Rätseln, nicht wahr? Noch eine Frage vorher: Ihre Scheune dort ist nicht ganz voll?«

»Nein«, murmelte Struwe, »wann ist eine Scheune voll?«

»Wenn man sich darin nicht rühren kann«, sagte der junge Mann lachend, »wir vier hätten dort Platz?«

Bauer Struwe war nun wirklich irritiert. Der junge Mann bemerkte es und sagte eilig: »Wir sind eine Band, eine Musikband, eine Kapelle, ein kleines Orchester, und sind darauf angewiesen zu üben. Nur mit ständiger Übung ist zu erreichen, was wir uns vorgestellt haben: eine mitreißende, junge, moderne Band zu werden.«

Er machte eine Pause, fuhr gedämpfter fort: »Was wir suchen, ist ein einsamer Platz, wo wir niemanden stören.«

Er sah Struwe an, fragte besorgt: »Sie haben mich verstanden?«

»Aber ja«, sagte Struwe nachdenklich, »Sie wollen anderen Leuten nicht auf den Wecker fallen.«

»Können wir Ihre Scheune mieten? Vier, fünf Stunden am Tag und sechs Tage in der Woche?«

Struwe zögerte, überlegte. Er fragte etwas mißtrauisch zurück: »Sie verstehen doch was von Musik?«

»Wir studieren Musik«, beeilte sich der junge Mann zu antworten.

Bauer Struwe nahm die vier mit ins Haus. Er stellte sie seiner Frau vor, besprach mit ihr den Fall.

Alwine sagte: »Warum nicht? Ein bißchen Leben könnte man hier sehr wohl vertragen.«

Das gab den Ausschlag. Struwe setzte sich an den Tisch und schrieb einen Vertrag aus mit der Summe, die die jungen Leute aufbringen konnten, wenig genug, aber Struwe fühlte wachsende Sympathie für die vier, die sich herzlich bedankten und ganz glücklich waren.

Am nächsten Tag erschienen sie in einem alten VW-Bus und luden ihre Instrumente aus, dazu eine Menge technischer Geräte. Struwe musterte diese Geräte etwas verwundert.

»Sagten Sie nicht, daß Sie Musiker sind?« fragte er.

»Das gehört dazu«, erklärte der junge Mann, »das sind Verstärker. Das ist unsere Elektronik.«

Sie bauten alles auf.

Struwe ging ins Haus, sagte zu Alwine: »Ein bißchen kommen sie mir auch vor wie Elektriker. Vielleicht können sie mir die Melkmaschine reparieren.«

Alwine sagte: »Ich finde es sehr schön, daß wir hier jetzt eine eigene Musik haben.«

Sie hatte mal »Cavalleria rusticana« gesehen, und die Musik hatte ihr sehr gut gefallen, was sie erwähnte, sooft sich eine Gelegenheit ergab.

Die jungen Leute legten mit Begeisterung los, befreit von jedem Zwang, Rücksicht zu nehmen. Sie legten sich ungeheuer ins Zeug. Die Scheune bebte, die Schallwellen suchten sich den kürzesten Weg zum Himmel, gleich durchs Dach hindurch, durch das offene Scheunentor, abprallend von Wänden und Bäumen, sich aufstauend zu einer Brandung, die sich erst weit draußen auf dem Feld widerwillig verlief.

Struwe und seine Frau Alwine befanden sich gerade in der Küche, als die Tonwellen die Türen erbeben ließen. Struwe zog scharf die Luft ein. Alwines Erinnerung an »Cavalleria rusticana« zerstob wie Spreu. Sie flüsterte: »Was machen die da?«

Sie gingen beide hinaus und sahen in die offene Scheune hinein.

Die jungen Leute tobten herum, verrenkten sich, bogen sich, warfen den Oberkörper nach vorn, dann wieder zurück, die Köpfe beschrieben wilde Kreise, die Münder waren weit aufgerissen.

Es war unmöglich, die jungen Leute anzusprechen. Erst Stunden später sanken sie in sich zusammen, schienen ausgelaugt, aber in durchaus friedfertiger Stimmung zu sein.

Der Wortführer sah Struwe an, schweißüberströmt, matt, fragend.

»Wir suchen unseren Stil«, erklärte er, »Ihr Urteil ist uns sehr wichtig.«

Struwe erklärte sich außerstande, ein Urteil abzugeben.

Er murmelte: »Zu früh, um etwas zu sagen.«

Der junge Mann hatte dafür Verständnis. »Sie sehen«, meinte er, »daß wir uns ernstlich bemühen.«

Auch Alwine zog es vor zu schweigen. Reste von »Cavalleria rusticana« waren noch in ihr.

»Es ist etwas Neues«, sagte sie zu ihrem Mann. Sie sagte es sehr laut, denn sie mußte sich gegen die wieder einsetzende Musik verständlich machen.

Gegen sechs rief der Nachbar an, der hinter dem Wald wohnte, es sei ein merkwürdiges Rauschen in der Luft, ob sie dies auch hörten.

Nein, sagten Struwes, sie wüßten nicht, was der Nachbar meinte.

»Wir halten es durch«, sagte Struwe abends zu seiner Frau, als er neben ihr im Bett lag, »wir haben einen Vertrag unterschrieben, und die jungen Leute sind ja sehr nett. Vielleicht ist es wirklich nötig, daß etwas Neues gefunden wird.«

So ging das zwei Wochen lang.

Die Scheune bebte in den Fugen, die Schallwellen suchten sich freien Auslauf, wo immer sie ihn fanden, jagten durch die Ställe hindurch bis zu den nervösen Tauben auf dem Dach. Am Ende der zweiten Woche brachte Struwe die Kapelle mit einer Handbewegung zum Schweigen.

Leise sagte er: »Sie haben mich gefragt, wie ich Ihre Musik fände. Ich konnte Ihnen diese Frage nicht beantworten, aber jetzt möchte ich doch etwas zu bedenken geben.« Er zögerte eine Weile, ehe er fortfuhr: »Die Kühe geben weniger Milch.«

Die jungen Leute sahen sich betreten an.

»Geben weniger Milch?«

»Ja«, meinte Struwe, »und zwar deutlich weniger. Seit zwei Wochen.« Er murmelte: »Ich hielt es für richtig, Ihnen das zu sagen.«

»Jaja«, murmelte der Wortführer, »sehr gut, daß Sie uns das gesagt haben.«

Er zog sich mit seinen Kollegen zurück in einen Scheunenwinkel. Sie beratschlagten, und dies ziemlich intensiv, wie es schien.

Bis dann der Wortführer wieder auf Struwe zuging und sagte: »Es mißfällt uns natürlich, daß Ihre Kühe weniger Milch geben. Wir machen unsere Musik Wand an Wand mit ihnen, ein Zusammenhang scheint gegeben und soll nicht geleugnet werden.«

»Was wollen Sie machen?« fragte Struwe. »Ich lasse Sie ungern gehen. Ich habe mich an Sie gewöhnt. Und ich«, fügte er hinzu, »fühle im Gegensatz zu meinen Kühen keine Beeinträchtigung irgendwelcher Art.«

»Nein, nein«, murmelte der junge Mann, »wir haben besprochen, unseren Stil zu ändern. Wir versuchen mal was anderes.«

Gleich am nächsten Tag setzten sie ihr Vorhaben in die Tat um. Alwine hob sofort den Kopf, als sie die neue Musik hörte.

Es schien, als wittere die »Cavalleria rusticana« Morgenluft.

Der junge Mann fragte Struwe: »Sie spüren den Unterschied?«

»Ganz deutlich«, erwiderte Struwe, »fragt sich, ob die Kühe ihn spüren.«

Ganz gespannt warteten alle das nächste Milchergebnis ab. Zum ersten Mal sahen die jungen Leute beim Melken zu, wichen den Blicken der Kühe aber verlegen aus.

»Schon besser«, sagte Struwe, »deutlich besser.«

»Aber noch nicht wie früher?« fragte der junge Mann.

»Noch nicht ganz«, meinte Struwe, »aber der kleine Rest soll Sie nicht bekümmern.«

»Hören Sie«, sagte der junge Mann energisch, »selbst der kleinste Rest bekümmert uns.«

»Aber, aber«, meinte Struwe, »nehmen Sie sich das nicht so zu Herzen, es sind schließlich Rindviecher, die Sie beurteilen.«

»Es sind Geschöpfe wie du und ich«, wandelte der junge Mann einen bekannten Titel ab. »Ab morgen probieren wir wieder etwas Neues.«

Die Musik wurde ruhiger, auch etwas gefühlvoller. Die wilden Körperbewegungen schienen verbannt zu sein, eine neue Herzlichkeit versuchte, sich auszudrücken.

Atemlos warteten sie abends das Milchergebnis ab. Struwe war überwältigt. Er sah in die Runde. »Mehr. Deutlich mehr«, rief er.

Die jungen Leute waren zufrieden, sie sagten: »Wir haben unseren Stil gefunden.«

Ab und zu spielen sie schon im Rundfunk. Man hört sie immer öfter. Kühe, so sie in der Nähe sind, heben jedesmal den Kopf.

Der Musikladen in Bremen hat sich allerdings noch nicht gemeldet.

Struwe sagte: »Mich freut natürlich, daß die jungen Leute Erfolg haben. Aber jedes Ding hat zwei Seiten.« Seufzend fügte er hinzu: »Wohin mit der Milch?«

Was treibt da eigentlich meine Frau?

Die beiden Freunde schüttelten sich die Hand. »Du wolltest mich sprechen?« fragte Wolfgang.

»Ja«, sagte Robert und sah ziemlich bedrückt aus, schien nicht zu wissen, wie er anfangen sollte.

»Sieht aus, als hättest du was auf dem Herzen«, half ihm Wolfgang.

»Ja«, murmelte Robert, »und du bist der einzige, der mir helfen kann. In einer privaten Sache. Es geht um Marianne. Ich glaube, da gibt es jetzt Probleme.«

»Aber, aber«, sagte Wolfgang verwundert, »Probleme mit deiner Frau? Mit einer so entzückenden Frau?«

Finster rief Robert: »Ich habe allen Grund anzunehmen, daß meine entzückende Frau mich betrügt.«

»Das ist doch ganz unmöglich«, sagte Wolfgang entgeistert, »mit wem betrügt sie dich?«

»Das ist es ja«, murmelte Robert, »ich weiß nicht, mit wem. Ich schließe das ja auch nur aus Indizien. Sie ist unterwegs, ohne mir zu sagen, wo sie war, sie ist geistesabwesend, sie telefoniert und legt den Hörer auf, wenn ich ins Zimmer komme, sie benimmt sich wie – wie eine verliebte Gans.«

»Aber das sind doch alles keine Beweise.«

Robert unterbrach ihn. »Die will ich haben. Und ich will sie von dir haben. Krieg raus, wer der Kerl ist.«

Wolfgang wehrte sich ein wenig, sagte, daß ihm so etwas nicht läge, aber schließlich sagte er zu, wenn auch ungern, wie er nicht müde wurde zu betonen.

Eine Woche später trafen sich die beiden wieder. In einer Tagesbar. Wolfgang bestellte einen Kognak, sah seinen Freund nachdenklich, fast ein wenig besorgt an: »Du hast recht«, sagte er, »Marianne traf sich gestern mit einem Mann. In einem Café. Man sah sofort: Die beiden waren ein Herz und eine Seele.«

»Ein Herz und eine Seele?« wiederholte Robert betroffen.

»Ja, in der Art und Weise, wie sie sich begrüßten.«

»Was für eine Art und Weise?« fragte Robert.

»Eine sehr vertrauliche.«

Ärgerlich sagte Robert: »Wir drückte sich das aus? Haben sie sich umarmt, geküßt vielleicht?«

»Nein, nein«, erwiderte Wolfgang, »aber mein Eindruck war, sie hätten es gern getan.«

»Was taten sie also?«

»Der Herr nahm ihre Hand –«, Wolfgang suchte nach Worten, »behutsam, als handle es sich um eine Kostbarkeit.«

Ärgerlich rief Robert: »Erzähl doch keinen Blödsinn.«

Trocken erwiderte Wolfgang: »Du fragst mich nach meinem Eindruck. Das war er.«

»Er nahm also ihre Hand«, murmelte Robert.

»Als sei sie eine Kostbarkeit –«

»Das hast du schon gesagt«, unterbrach ihn Robert ärgerlich.

Unbeirrt fuhr Wolfgang fort: »Mit beiden Händen nahm er ihre Hand und zog sie an seine Lippen.«

Robert murmelte: »Ungeheuer.«

»Was ist ungeheuer?«

»Ich stell mir das vor«, sagte Robert ärgerlich, »nimmt mit beiden Händen eine Kostbarkeit hoch –«

»Sanft hoch.«

»Wie sanft hoch?«

»In der Bewegung drückte sich etwas aus. Laß mich überlegen.«

Er hob den Kopf: »Jetzt habe ich es. Ehrerbietung.«

»Was heißt Ehrerbietung?«

Ernsthaft fuhr Wolfgang fort: »Der Herr zog Mariannes Hand mit Ehrerbietung an seine Lippen.«

Robert schüttelte wütend den Kopf. »Mit Ehrerbietung an seine Lippen. Hört sich ja an, als habe er seine Mutter begrüßt oder die Präsidentin der Vereinigten Staaten.«

Wolfgang erwiderte ernsthaft: »Nein, so war es nicht. Es war auch Gefühl dabei. So daß man wußte, der Kerl ist hingerissen von Marianne und sucht jede Gelegenheit, das auszudrücken.«

»Soso«, murmelte Robert verächtlich, »indem er ihre Hand, diese Kostbarkeit, an seine Lippen zog.«

»Sehr richtig«, nickte Wolfgang und fuhr fort: »Er half ihr dann, den Mantel auszuziehen.«

»Wieso half er ihr? War sie behindert?«

»Es machte ihm Spaß. Er half ihr mit Bewegungen, die –«

»Fehlt dir wieder der Vergleich?«

»Nein, nein«, sagte Wolfgang, »– mit Bewegungen, die unerhört fürsorglich waren.«

»Wieso fürsorglich?« fragte Robert ärgerlich. »Sie war doch nicht krank. Oder machte sie diesen Eindruck?«

»Den machte sie nicht.« Wolfgang lachte plötzlich: »Entschuldige, daß ich lachen muß. Einen kranken Eindruck machte sie nun ganz gewiß nicht.«

»Darf ich dann fragen«, sagte Robert ärgerlich, »was für einen Eindruck sie machte?«

Wolfgang überlegte: »Es wird dir möglicherweise nicht gefallen. Sie – schnurrte.«

Robert hob verblüfft den Kopf. »Sie schnurrte? Was heißt, sie schnurrte?«

»Es ist ja nur ein Vergleich.«

»Bei dem du dir doch etwas gedacht hast«, fuhr Robert ihn an.

»Ja –« entgegnete Wolfgang, »der Eindruck drängte sich mir auf. Der Eindruck einer Katze, die schnurrt, wenn ihr ungeheuer behaglich zumute ist.«

»Kannst du mir sagen«, rief Robert zornig, »wie man schnurrt mitten in einem Lokal?«

»Ich wiederhole«, murmelte Wolfgang, »es ist nur ein Vergleich. Also, der Kerl brachte ihren Mantel zur Garderobe und kam mit Blumen zurück.«

»Mit Blumen?« Robert hob den Kopf.

»Ja, er legte ihr die Blumen in den Schoß mit einer ganz entzückenden Bewegung.«

»Machst du Gedichte?« schrie Robert wütend. »Was ist eine entzückende Bewegung? Dazu noch bei einem Mann?«

»Es war eine generöse, liebevolle Bewegung, charmant und doch nicht aufdringlich. Er fiel auf die Knie.«

»Was, was, der Kerl fiel auf die Knie?«

»Ein Vergleich, mein Lieber, ein Ritter, der das Knie beugt vor der Dame seines Herzens. Er nahm erneut ihre Hand –«

»Diese Kostbarkeit«, warf Robert ironisch ein.

»Und küßte sie. Dann begannen sie ein lebhaftes, intensives Gespräch, Rede und Gegenrede, das flog nur so hin und her.«

»Worüber sprachen sie?«

»Ich saß zu weit weg, durfte mich ja auch nicht sehen lassen. Marianne kennt mich ja. Aber es war ein – ein herzliches Gespräch. Er machte ihr offensichtlich Komplimente, für die sie sich mit einer ganz entzückenden Bewegung bedankte.«

Unwirsch sagte Robert: »Da wimmelt es ja offenbar von entzückenden Bewegungen. Wie bewegte sie sich denn so entzückend?«

Wolfgang beschrieb es: »Sie hielt den Kopf schief, auf eine wirklich charmante Weise, und sah ihn an, ein halbes Lächeln auf dem Gesicht.«

»Na wenigstens nur ein halbes«, murmelte Robert.

»Weil sie weiß«, fuhr Wolfgang lebhaft fort, »daß ein halbes Lächeln manchmal vielversprechender ist als ein ganzes. Er nahm wieder ihre Hand –«

»Was hat er nur andauernd mit ihrer Hand?« unterbrach in Robert.

»Was ihr sichtlich gefiel«, sprach Wolfgang ungerührt weiter. »Lieber Freund«, sagte er ernst, »ich sah zwei glückliche Menschen vor mir.«

Robert holte tief Luft. »Wie sah der Kerl aus?«

»Wie aus dem Ei gepellt.«

»Ein Schönling, wie?«

»Das kann man nicht sagen – ein Mann, wie er sein soll, groß, schlank, kräftig, gut rasiert, die Haare nicht zu lang, nicht zu kurz, ein Anzug, der saß, eine Krawatte, die paßte. Der Mann wirkte gelassen, heiter, nicht mißmutig, nicht übelgelaunt, hellwach, dem Leben zugewandt.« Wolfgang hielt inne und sah seinen Freund an: »Entschuldige, mir hat der Mann auch gefallen.«

Robert schwieg.

Wolfgang fragte nach einer Weile: »Soll ich mich um einen Rechtsanwalt kümmern?«

Robert fuhr auf: »Rechtsanwalt? Du hast wohl nicht alle Tassen im Schrank.«

Robert hatte sich sorgfältig rasiert, er war beim Friseur gewesen und knöpfte sich jetzt das weiße Hemd zu.

»Hast du was vor?« fragte Marianne.

»Ja«, sagte Robert, »ich würde gern heute abend mit dir ausgehen. Wenn du nichts vorhast.«

Marianne war ein wenig unsicher. »Nein, nein«, sagte sie schließlich, »ich gehe gern mit dir aus.«

Robert führte seine Frau in ein sehr gutes Lokal, in dem er einen Tisch bestellt hatte.

Sie setzten sich. »Moment«, sagte Robert, »ich habe etwas sehr Wichtiges vergessen.« Er nahm ihre Hand und zog sie an seine Lippen.

»Robert –« sagte Marianne verwundert.

»Was ist?« fragte er ärgerlich. »Ich darf doch wohl die Hand meiner Frau an meine Lippen ziehen.« Er fügte hinzu: »In aller Ehrerbietung.«

»Warum läßt du meine Hand nicht los?«

»Entschuldige, ich denke gerade darüber nach, wie schwierig es ist, eine Frau die Hand zu küssen, so daß sie nicht im Zweifel ist.«

»Worüber sollte sie nicht im Zweifel sein?« fragte Marianne verdutzt.

»Über das, was sich an Gefühlen damit verbindet. Man kann einer Frau die Hand küssen mit einer Bewegung, die andere Leute ganz entzückend finden, aber die Frage nach der Ehrlichkeit wurde noch nicht gestellt.«

Er stand auf. »Entschuldige, ich habe noch etwas vergessen.«

Er ging hinaus und kam mit einem Blumenstrauß zurück. Er drückte ihr den Strauß in die Hand. »Der ist für dich.«

»Blumen?« staunte sie.

»Schau mich nicht so an«, sagte er unwillig. »Blumen sind doch nichts Besonderes. Wickle sie mal aus.« Er unterbrach sich, murmelte: »Da ist der Ritter wohl nicht richtig in die Knie gegangen. Gib her.«

Er wickelte Rosen aus dem Papier, murmelte: »Der Ober kann ja mal eine Vase bringen.«

»Danke, Robert, so schöne Rosen.«

»Daran ist nun wirklich nichts Besonderes.« Er zog die Speisekarte heran. »So, jetzt werden wir uns mal was aussuchen, einen schönen Abend haben bei gutem Essen und schönen Gesprächen« – er seufzte – »daß deine Backen sich röten und deine Augen blitzen.« Er atmete tief aus: »Aber wie macht man das?«

Wolfgang und Marianne trafen sich am nächsten Tag in einem Café.

»Na, wie war's?« fragte Wolfgang.

Marianne lachte und seufzte zugleich. »Er hat sich irrsinnig angestrengt, aber er kann's nicht.«

»Kann es nicht?«

»Nicht auf die Art, die ich gern hätte. Ich muß wohl die Art akzeptieren, die er hat, um seine Gefühle auszudrücken.«

»Aber die hat er?« fragte Wolfgang.

»Er hat sie«, lächelte Marianne, »wenn man es genau nimmt, auf eine unglaubliche Weise.« Sie sah Wolfgang an. »Danke, daß du dich so bemüht hast. Aber versprich mir eins: Er darf nie erfahren, daß ich nie einen Liebhaber hatte. Ein kleiner Stachel soll bleiben.«

Zuviel Geld

Ich hatte Geld. Ganz plötzlich, ganz unerwartet, ganz viel. Es würde die Geschichte länger machen, wollte ich erklären, woher und wieso ich plötzlich so viel Geld hatte.

Es ist nicht wichtig.

Ich hatte es jedenfalls, und da es mir bislang schlechtgegangen war, so befand ich mich nun in einem Zustand ungetrübten Glücks. Machtgefühl durchschoß meine Adern, so als sei ich eine Art Henry Ford, oder wie die Geldmenschen heißen.

Zugleich fühlte ich mich zur Dankbarkeit angeregt.

Ich schlich herum und dachte: Da gehst du mit deiner geschwollenen Brieftasche, und die anderen Menschen, die doch deine Mitmenschen sind, leben weiter in Qual und Sorgen. Verstehen Sie, ich fühlte den Drang in mir, noch ein paar andere glücklich zu machen. Ich erinnerte mich genau, wie oft ich mir vorgestellt hatte: Da kommt einer auf mich zu und sagt: Sie haben Sorgen. Man sieht Ihnen an, daß Sie Sorgen haben. Ihr Gesicht ist bleich, Ihre Augen sind trüb, Ihre Bewegungen lustlos. Nehmen Sie hundert Mark, sagen Sie nicht Dankeschön, und forschen Sie nicht nach meinem Namen.

Das ist mir selbstverständlich nie passiert.

Aber jetzt könnte ich ja eigentlich eine solche Rolle spielen. Ich ging über eine Straße und suchte mir ein elendes Haus aus. So eine richtige Mietskaserne.

So etwas findet man heutzutage bald.

Ich klingelte parterre.

Eine Frau, die recht muffig aussah, öffnete mir. Ach, es war genau das richtige Gesicht, ein trauriges, blindes, gramvoll-mißtrauisches Gesicht.

»Bitte«, sagte ich, »hier haben Sie hundert Mark.«

Die Frau sah mich an. »Wieso?«

Ich sagte: »Fragen Sie nicht. Nehmen Sie nur. Ich schenke Ihnen diese hundert Mark.«

Die Frau schmetterte statt jeder Antwort die Tür zu.

Das wunderte mich ein wenig.

Ich klingelte im ersten Stock. Ein Mann öffnete und fragte mürrisch: »Bitte?«

»Ich wollte Ihnen gern hundert Mark geben.«

Der Mensch starrte mich an. »Kommen Sie von der Post?«

»Nein«, sagte ich, »ich komme weder von der Post noch von der Krankenkasse. Es ist mein rein persönlicher Wunsch, Ihnen hundert Mark zu überreichen.«

Der Mann rief verdrossen: »Was wollen Sie mir denn verkaufen?«

Ich sagte: »Ich will nichts verkaufen. Ich möchte Ihnen lediglich hundert Mark schenken.«

Der Mann schüttelte den Kopf und fragte, ob ich betrunken sei.

»Gott«, sagte ich, »ich habe allerdings ein wenig getrunken, aber das hat nichts damit zu tun.«

»Also besoffen«, sagte der Mann und schlug die Tür zu.

Ich gab nicht auf.

Ich klingelte im zweiten Stock. Eine alte Frau, der die Haare ins Gesicht hingen, öffnete.

»Ich möchte Ihnen gern hundert Mark schenken«, sagte ich, »ich bin durch einen glücklichen Umstand in die Lage versetzt worden, Ihnen diesen kleinen Betrag übergeben zu können. Ich komme weder von der Post, noch will ich Ihnen etwas verkaufen. Es ist ein unverbindliches Geschenk.«

Die Frau stieß den Atem verächtlich durch die Nase aus: »Wollen Sie mich auf den Arm nehmen?« Sie wandte sich um und rief: »Otto, komm einmal her.«

Ich verzichtete auf weitere Erklärungen und stieg die Treppe weiter hinauf.

Ich klingelte im dritten Stock. Ein junges Mädchen öffnete. Ich lächelte.

»Möchten Sie hundert Mark haben?« sagte ich. Hier würde ich Glück haben. Junge Mädchen sind voller Phantasie, ihr Herz ist nicht verknöchert.

»Sie sehen reizend aus«, sagte ich, »ich gebe Ihnen diese hundert Mark mit dem größten Vergnügen.«

Ich habe heute noch keine Ahnung, warum dieses wundernette Mädchen rot anlief, mich wütend anzischte: »Unverschämtheit«, und die Tür zuknallte. Ich war auf dem Weg in den vierten Stock. Ich überlegte gerade, ob hundert Mark vielleicht zu wenig seien, als ich hinter mir stürmische Schritte die Treppe herauf hörte.

Es waren die Leute von parterre, vom ersten, zweiten und dritten Stock. Sie hatten sich mit Handfegern, Spazierstöcken und Hundepeitschen bewaffnet. Ich hatte alle Mühe, glaubhaft zu machen, daß ich nichts als eine menschenfreundliche Anwandlung hatte.

Lediglich das junge Mädchen verstand mich schließlich.

Sie nahm mich in ihre Wohnung, sah mich kopfschüttelnd an und meinte: »Ich kann doch kein Geld von Ihnen annehmen.«

Ich kenne sie jetzt zwei Monate. Wir sind befreundet.

Mein Geld ist übrigens restlos weg.

Kettenreaktion

Man wird mir sicher glauben, wenn ich sage, daß das Strumpfband eines jungen Mädchens eine Menge Unheil anrichten kann, aber Ihre Vermutungen werden sich dabei in eine falsche Richtung bewegen. Sie werden gleich sehen, warum.

Ein junges, bemerkenswert hübsches Mädchen, das in einer Textilfabrik arbeitete, verschlief morgens den Wecker. Ich sage Ihnen nicht zuviel, wenn ich behaupte, daß dieses alltägliche Ereignis wie ein Erdbeben wirkte und in seinen Auswirkungen um den Erdball ging.

Dieses hübsche junge Mädchen wird mit einem kleinen verzweifelten Schrei wach und stürzt in rasender Eile in die hübschen Sächelchen, die sanft und seidig über dem Stuhl ausgebreitet liegen. Sie zieht wie der Wind die hauchdünnen Strümpfe über und befestigt sie in der Eile und bequemerweise mit rosigen Strumpfbändern, die sie sonst nie anzieht und die sie gar nicht mag, weil sie, wie die Herren sicher wissen, aus der Mode gekommen sind.

Sie rennt auf die Straße. Aber den Omnibus erreicht sie nicht mehr, obwohl sie ein Stück hinter ihm herläuft.

Beim Laufen verrutschen die Strumpfbänder, und sie bückt sich und bringt die kleine Ungelegenheit in Ordnung.

Während sie so dasteht und ein prächtiges Bild bietet, kommt ein Lastwagen vorbei, der Ziegelsteine geladen hat.

Der Fahrer sieht das Mädchen in jenem Sekundenbruchteil, der für ihn zum Verhängnis wird. Einen Augenblick später, und das Mädchen hätte ihn gar nicht mehr interessiert.

Er hält also und fragt, ob er sie mitnehmen kann. Sie lächelt. (Wenn sie dies wenigstens unterlassen hätte.) Und sie steigt ein.

Der Fahrer ist sehr munter und das Mädchen auch. Es klappt immer noch nicht ganz mit den Strumpfbändern, und sie hantiert noch ein bißchen. Er schielt hin, denn er ist jung und gesund.

Er befindet sich dabei gerade auf einer Bahnüberführung und rennt den Wagen gegen den Schrankenpfosten. Es passiert fast gar nichts, nur die schweren Ziegelsteine kommen aus dem Gleichgewicht und poltern auf die Gleise.

Hier steigt das Mädchen übrigens aus und kommt in dieser Geschichte nicht mehr vor.

Der Schrankenwärter sperrt die Strecke, und der Zug nach Ludwigshafen bekommt eine halbe Stunde Aufenthalt.

Im Zug befindet sich ein Mann, der sehr unruhig ist. Er verpaßt in Mannheim den Anschlußzug nach Frankfurt. In Frankfurt wartet eine Frau auf ihn, die ganz verzweifelt ist, als der Zug einläuft und dieser Mann nicht aussteigt. Es handelt sich hierbei um eine Ehegeschichte, die im einzelnen wiederzugeben unwichtig ist.

Die Frau jedenfalls geht sehr abwesend und kummervoll über den Bahnhofsplatz und wird von einem Wagen angefahren, in dem ein Amerikaner sitzt. (Man weiß, wie voll Frankfurt davon ist.)

Dieser Amerikaner muß die Frau ins Krankenhaus bringen und eine Menge Protokolle über sich ergehen lassen. Er versäumt dadurch eine wichtige Besprechung und erhält die Exportaufträge nicht, die seiner Firma das Leben gerettet hätten. Die Firma nimmt dadurch eine sehr ungünstige Entwicklung, und die Frau dieses Amerikaners läßt sich von ihrem Mann scheiden.

Hier geht die Geschichte schon fächerförmig auseinander. Es werden einige Angestellte entlassen. Der eine kommt auf die schiefe Bahn und endet als Raubmörder. Ein anderer macht sich selbständig, geht nach Mexiko, findet Öl und wird Millionär.

Die erwähnte Frau, die sich scheiden ließ, heiratet wieder und ruiniert den zweiten Mann, der sich dem Trunk ergibt.

Diese Kettenreaktion ist nun gar nicht mehr zu verfolgen, aber – sagen Sie selbst: Was für eine unerhörte Sache ist das doch, daß ein Mädchen eines Morgens rosafarbene Strumpfbänder überzieht und dadurch mehrere Tote verursacht, Ehen zerstört, eine Firma ruiniert, Millionäre schafft und arme Teufel.

Es ist unheimlich, finde ich – und wenn es Ihnen schlechtgeht, überlegen Sie gut: Wissen Sie nicht, ob nicht ein Mädchen schuld daran ist, das Sie gar nicht kennen und das irgendwo rosafarbene Strumpfbänder angezogen hat?

Der Trostzusprecher

Anna war mit einer Freundin auf dem Friedhof. Der Friedhof war groß, durchzogen von einem Gewirr asphaltierter Wege. Die Bäume, von denen die Wege gesäumt waren, ragten sehr hoch und gaben dem Friedhof das Aussehen eines Parks, in dem Stille und Kühle herrschten.

Die beiden Frauen bewegten sich langsam dem Ausgang zu, als sie in einen Beerdigungszug hineingerieten, der gerade dabei war, sich aufzulösen.

Die Trauergäste bewegten sich schon weg von einem frischen Grabhügel, der von Blumenkränzen gesäumt war. Sie strebten mit heiterer werdenden Mienen dem Ausgang zu, und ab und zu war ein Lachen hörbar, ein fröhlicher Zuruf, denn jenseits der Friedhofsmauer wartete das normale Leben, auf das man sich unbewußt schon wieder einstellte.

Am Grab sah man eine schwarzgekleidete Frau im Kreise von Verwandten. Man hatte sie umringt, sprach auf sie ein.

Abseits wartete ein Mann, höflich, den gezogenen Hut in der Hand, in einer fast servilen Haltung.

Der Ring um die schwarzgekleidete Frau löste sich auf, man entfernte sich, die trauernde Dame blieb allein neben dem frischen Grab.

Nun trat der höflich wartende Herr an sie heran. Er schien sich vorzustellen, reichte der Dame die Hand, berührte sie behutsam am Ellbogen und ging mit ihr langsam über den Asphaltweg dem Ausgang zu. Er schien mit leiser Stimme auf sie einzusprechen.

Anna und ihre Freundin folgten ihnen langsam. Der Herr hielt immer noch den Ellbogen der Trauernden, äußerst behutsam, fast nur mit den Fingerspitzen. Er redete ab und zu, und seine Stimme hatte einen warmen Klang.

»Was ist das für ein Mann?« fragte Anna.

Und die Freundin erwiderte: »Du kennst ihn nicht? Wir nennen ihn nur den Trostzusprecher.«

Anna wunderte sich. »Trostzusprecher?«

»Ja, als solcher ist er allgemein bekannt. Der Mann hat eine sehr große Begabung, Leuten, die sich ganz verloren vorkommen, in ihrem Schmerz zu helfen. Er findet die richtigen Worte.«

Anna wunderte sich immer mehr. »Willst du sagen, dieser Mann kennt diese Frau gar nicht?«

»Nein. Irgend jemand von der Familie hat ihn engagiert.«

»Engagiert?«

»Ja, er bekommt Geld dafür.« Die Freundin beteuerte: »Das Geld ist gut angelegt. Der Mann versteht sein –« Sie zögerte.

»Sprich es aus«, forderte Anna und setzte selbst fort: »Er versteht sein Geschäft.«

»Nun ja«, meinte die Freundin, »er ist sicher angewiesen auf das, was man ihm gibt, aber andererseits, wie ich allgemein höre, ist er sein Geld wert.«

Sie hatten inzwischen das Friedhofstor durchschritten und standen auf der Straße.

Die Witwe stand vor einem Wagen; der Unbekannte

sprach leise und mit äußerster Ehrerbietung auf die Trauernde ein, öffnete dann den Wagenschlag, ließ die Dame einsteigen, ging selbst um den Wagen herum und setzte sich ans Steuer.

»Sein eigener Wagen?« fragte Anna.

»Ja.«

Der Wagen, in diskretem Schwarz, fuhr davon.

»Wohin fahren sie?« fragte Anna.

»Das ist ganz verschieden. Er sucht einen Ort, wo er mit ihr reden kann. Das kann ein Lokal sein, aber auch, bei gutem Wetter, eine Parkanlage. Er versteht sich auf die äußere Umgebung, in der das, was er sagt, maximal zur Geltung kommt.«

Die Freundin sah Annas zweifelndes Gesicht und beteuerte: »Er tröstet wirklich. Es ist eine alte Erfahrung, daß man einem Fremden viel leichter sein Herz ausschüttet und daß man einem Fremden viel intensiver zuhört als einem Angehörigen der Familie.«

»Hm«, sagte Anna, ging mit ihrer Freundin weiter und

kam auf den Trostzusprecher nicht mehr zurück, obwohl sie ihn keineswegs vergessen hatte.

Anna lebte allein. Sie war über Fünfzig, hatte keine finanziellen Sorgen. Aber sie litt unter Langeweile. Die Tage schienen ein gleichförmiges Maß angenommen zu haben, kaum daß sie sich voneinander unterschieden. Diese Tatsache bedrückte sie, und diese Bedrückung nahm manchmal den Charakter von Verzweiflung an.

Am nächsten Tag rief Anna die Friedhofsverwaltung an und fragte nach dem Namen des Trostzusprechers.

Die Sekretärin war ein wenig verwundert. »Ja«, sagte sie, »dieser Mann ist mir bekannt.« Etwas mißtrauisch fuhr sie fort: »Offiziell nehmen wir nicht zur Kenntnis, daß der Mann sich seine Dienste honorieren läßt. Macht er etwa Reklame für sich? Das müßten wir ihm untersagen.«

»Nein, nein«, beteuerte Anna. Sie bekam die Telefonnummer des Mannes und rief ihn an.

»Hier ist Böhme«, meldete er sich mit einer sonoren, angenehmen Stimme.

Anna nannte ihren Namen. »Ich habe von Ihnen gehört«, sagte sie, »und würde Sie gerne in Anspruch nehmen.«

»Ein Todesfall?« fragte der Mann zurück, schien seine Stimme gesenkt zu haben.

»Ja«, sagte Anna, »ich weiß nicht ein noch aus.«

»Was ich gut verstehen kann«, sagte der Mann. Er hatte Mitgefühl in seine Stimme gebracht. »Man fühlt sich hilflos, ratlos, so als habe das Leben keinen Sinn mehr.«

»Ja«, sagte Anna ein wenig lakonisch.

»Wann haben Sie Zeit für mich?« fragte der Mann zurück.

»Wollen Sie mich zu Hause besuchen? Heute nachmittag. Ich erwarte Sie zum Tee.«

Der Mann schien ein wenig verwundert. »Wir gehen nicht auf den Friedhof?«

»Nein«, sagte Anna.

Der Mann sagte leise: »Jeder Ort, der Ihnen recht ist, ist auch mir recht.«

Er ließ sich die Adresse geben und beendete das Gespräch mit einem leisen, herzlichen »Bis heute nachmittag«.

Anna zog ein schwarzes Kleid an und war, zu ihrer Verwunderung, erfüllt von Erwartung.

Herr Böhme war sehr pünktlich. Selbst die Art, wie er die Türklingel betätigte, verriet Diskretheit. Er läutete nur kurz, als sei Lärm in diesem Augenblick unziemlich.

Anna ließ ihn herein.

Er hatte Blumen mitgebracht, überreichte ihr den Strauß und zog dann ihre Hand an seine Lippen, mit einer Bewegung, die fast ein wenig feierlich war.

Herr Böhme war etwa fünfzig, sein Gesicht wies angenehme Falten auf, die er gleichsam vertrauenerweckend geordnet hatte. Seine Augen waren dunkel, sein Blick zurückhaltend.

Anna führte ihn ins Wohnzimmer.

Herr Böhme bewegte sich langsam, schien abrupte Bewegungen zu vermeiden.

»Wir wollen erst das Geschäftliche erledigen«, sagte Anna.

Er sah sie verwundert an, hob fast erschrocken die Hände. »Aber nein, nein, nein«, sagte er, senkte die Stimme, flüsterte fast: »Geld spielt überhaupt keine Rolle.« Er war sichtlich irritiert. »Ich nehme Geld, weil man es mir – zusteckt, fast gegen meinen Willen und niemals von der Person, der ich behilflich sein möchte.«

Er war so verwirrt, daß er fast den Faden verlor.

Dann hob er den Kopf und sah Anna an. »Nach dem Verlust eines Menschen scheint das Leben keinen Sinn mehr zu haben.«

»So ist es«, sagte Anna und setzte lakonisch fort: »Welchen Sinn hat es?«

Er murmelte: »Gewöhnlich werde ich nicht in dieser direkten Weise gefragt«, er holte Atem, »aber nun gut.«

Er saß mit gesenktem Kopf, schien den steten Drang zu haben, seine Hände zu falten, und begann zögernd. »Zunächst einmal sieht es so aus, als habe man einen Verlust erlitten. Man ist plötzlich allein. Das Alleinsein bedeutet Leere. Und Leere ist unerträglich. Man hat über seine Existenz nie nachgedacht. Weil sie erfüllt war vom Miteinander mit einem anderen Menschen. Nun ist man allein, und man wird sich seiner Existenz bewußt.« Er sah Anna intensiv an und fuhr flüsternd fort: »Und stellt sie in Frage.« Er machte eine Pause, setzte dann noch leiser hinzu: »Der Tod – der, der einen selbst betrifft, ist gewöhnlich sehr weit weg, als gäbe es ihn nicht, aber auf einmal ist er ganz nahe und wirft einen kalten Schatten über das Leben, einen kalten Schatten, in dem nichts mehr gedeiht.«

Anna sah ihn aufmerksam an. Sie hatte nicht das Gefühl, daß der Mann einen eingelernten Text sprach.

Er krampfte die Hände zusammen, sein Atem wurde kürzer, er schien sich zu quälen. Seine Haut bedeckte sich mit Schweiß.

»Glauben Sie mir«, flüsterte er, »der halbe Tod ist schlimmer als der ganze.«

»Darf ich aufstehen«, fragte er dann, wartete ihre Antwort nicht ab, stand auf, als könne er das Sitzen nicht ertragen. »Und jetzt überlegen wir mal«, seine Stimme wurde beschwörend, »sind wir wirklich alleingelassen worden?« Seine Stimme wurde stärker. »Ich sage nein. Der geliebte Mensch, den wir glauben, verloren zu haben«, er starrte sie an, »ist stärker da als vorher. Die Erinnerung verleiht im Leben eine andere Art von Leben, aber er ist, wenn man sich mit der anderen Art von Leben vertraut gemacht hat, lebendiger als vorher.«

Er sah auf Anna herab, die ruhig auf dem Sofa saß. »Unsere Gedanken beleben ihn.« Er sprach wieder langsamer, als wolle er die folgenden Worte bedeutungsvoller machen: »Er ist nicht mehr neben uns, aber er ist in uns. Und in uns ist er kraftvoller als neben uns. Alle geliebten Menschen, die wir verlieren, sind in uns und machen uns dadurch stärker, kräftiger. Sie geben uns, weil sie in uns sind, eine andere Bedeutung, eine größere als die, die wir vorher hatten. Wir erhalten eine andere Persönlichkeit.«

Er hielt inne, sah Anna aufmerksam an und lächelte leise, als wolle er sie ermutigen, selbst zu lächeln.

Aber sie lächelte nicht.

Er stieß hervor: »Wir haben niemanden verloren. Wir haben ihn verloren und zugleich gewonnen. Er hat unser Leben nicht ärmer gemacht, sondern reicher.«

Wieder hielt er inne und sah sie eindringlich, fast fragend an.

»Bitte«, sagte Anna, »setzen Sie sich.«

Herr Böhme setzte sich wieder. Er wirkte matt, fast ein wenig enttäuscht.

Anna schwieg eine Weile und sagte dann ruhig: »Wann haben Sie Ihre Frau verloren?«

Er flüsterte: »Vor vier Jahren.«

»Wissen Sie«, sagte sie sachlich, »als ich hörte, daß man Sie einen Trostzusprecher nennt, da dachte ich: Was für eine seltsame Bezeichnung. Aber nun weiß ich etwas –«

Da sie stockte, fragte er: »Was wissen Sie?«

»Daß Sie in dem Versuch, andere zu trösten, immer nur sich selber getröstet haben.«

Er sah sie stumm an.

Sie fuhr fort: »Ich habe meinen Mann vor drei Jahren verloren. Seitdem lag auf meinem Leben auch der kalte Schatten des Todes – bis jetzt, bis zu diesem Augenblick.«

Er sagte immer noch nichts. Langsam streckte sie ihre Hand aus und berührte seine Hand.

Und ganz schwach erschien auf seinem Gesicht ein Lächeln, und im Lächeln ein überraschtes Staunen.

Die Normalität außer Kraft gesetzt

Robert hatte alles hergerichtet. Die Kerzen brannten schon, die Champagnerflasche war kalt gestellt, die Platte mit den vielen Häppchen war auf dem Tisch und sah appetitlich aus.

Robert ordnete noch die Blumen, trat zurück und musterte den Schauplatz.

Alles gefiel ihm, und er war guten Mutes.

Er hörte den Wagen vorfahren, ging eilig an die Haustür und öffnete sie.

Da kam sie über den Gartenweg, gertenschlank, mit den entschiedenen Bewegungen, die er an ihr liebte.

Sie lachte ihn schon von weitem an.

»Hallo, Robert.«

Er nahm sie in den Arm, küßte sie.

Sie zog ihren Mantel aus, drehte sich um.

»Wie findest du mich?«

»Wie immer großartig, aber jetzt noch etwas großartiger.«

»Du sagtest, ich soll mich festlich anziehen. Das habe ich getan.«

Robert schloß die Haustür, ging mit Hannelore ins Wohnzimmer, er löschte die Lampen, um das Licht der Kerzen wirken zu lassen.

Hannelore drehte sich langsam zu Robert um. »Ein Arrangement«, murmelte sie.

»Das dir hoffentlich gefällt.« Er lächelte. »Ich habe mir echt Mühe gegeben.« Er fuhr gleich fort: »Haben sie dich aufgehalten im Büro?«

»Ja, ziemlich, ich kam und kam nicht weg, bis ich sagte, jetzt *muß* ich aber nach Hause.« Sie lachte. »Ich sagte, ich muß ins Theater.«

»Warum ins Theater?« fragte Robert ein wenig verblüfft.

»Weil ein Theater pünktlich anfängt und man nicht hereingelassen wird, wenn man zu spät kommt.«

Robert lachte herzlich. »Sehr gut, hoffentlich haben sie dich nicht gefragt, was für ein Stück gespielt wird.«

»Gott sei Dank nicht.« Hannelore lächelte.

»Was hättest du gesagt?«

»Ich hätte gesagt, es wird ein Stück gespielt, das ich unter keinen Umständen verpassen möchte.«

Robert fühlte sich wohl.

Hannelore sah sich um, meinte heiter: »Man könnte annehmen, du willst mich verführen«, und setzte trocken fort: »Wenn du es nicht schon längst getan hättest. Und damals ganz ohne Kerzen.«

»Die liefere ich gleich nach, wie du siehst, und die Musik auch.«

Er ging an seine Musikanlage und legte eine Kassette ein.

Hannelore sah ihn aufmerksam an. »Was bedeutet, daß du dir heute irgend etwas vorgenommen hast?«

Sie hob zum Schluß die Stimme und machte aus dem Satz eine Frage.

»Nun ja, nun ja«, murmelte Robert, »zunächst einmal werde ich alles tun, um dich in beste Stimmung zu bringen.« Er lachte. »Beachte den Kaviar. Den Champagner hole ich jetzt.«

Er ging in die Küche.

Hannelore stand ein wenig nachdenklich da, wandte sich ihm zu, als er wieder hereinkam, und sagte: »Kein gewöhnliches Liebesfest, wie?«

Robert lachte wieder herzlich. »Die gewöhnlichen gefallen mir nicht mehr. – Nein, nein«, korrigierte er sich erschrocken, »versteh mich nicht falsch, sie sind immer hervorragend und gut für Leib und Seele, aber sie fordern auch zu etwas heraus.«

»Wozu?« fragte Hannelore.

»Zu einer Frage und zu einer Antwort auf diese Frage.«

»Was für eine Frage?« wollte Hannelore wissen.

Sie schien ein bißchen nervös zu sein und steckte sich eine Zigarette an.

Robert hob beide Hände, lachte sie an. »Ich bin zu schnell«, sagte er, holte Atem, »und wollte ganz langsam vorgehen. Mindestens sollte der Champagner eingegossen sein.«

Er goß ein, während Hannelore ein wenig, fast unmerklich, die Stirn furchte.

In diesem Augenblick klingelte die Türglocke.

»Erwartest du noch jemanden?« wunderte sich Hannelore.

»Ich, jemanden erwarten?« wies Robert diesen Gedanken weit von sich.

Er ging in die Diele hinaus, öffnete die Haustür.

Am offenen Gartentor stand eine alte Frau. Sie war

klein, unglaublich weißhaarig und wirkte sehr zerbrechlich. Auch hatte Robert Mühe, ihre dünne, matte Stimme zu verstehen.

»Verzeihen Sie bitte«, sagte die alte Dame, »ich bin mit meinem Hund spazierengegangen, er hat sich losgerissen und ist davongelaufen. Ich bin ihm nach, so gut ich konnte, habe ihn aber aus den Augen verloren.«

»Was soll ich machen?« fragte Robert gut gelaunt. »Hier hat sich Ihr Hund nicht gemeldet.«

»Ich frage nur, weil Ihr Gartentor offensteht. Er könnte hier hineingelaufen sein, auf Ihr Grundstück.«

»Ah so.«

»Wenn Sie mir erlauben, in Ihren Garten zu gehen?«

»Aber natürlich«, rief Robert, »gehen Sie nur hinein.«

»Danke«, sagte die alte Dame, betrat den Gartenweg, und Robert sah, daß sie wirklich nicht gut zu Fuß war.

Robert ging zurück ins Wohnzimmer, wo Hannelore immer noch blaß, schön und etwas verloren stand.

»Eine alte Dame, die ihren Hund verloren hat«, erklärte Robert und lachte. »Ich sagte, hier hat er nicht geklingelt.« Er hob sein Glas. »Aber jetzt trinken wir erst mal.«

Sie tranken. Hannelore sah Robert aufmerksam an. »Du sprachst von einer Frage, die gestellt und beantwortet werden sollte.«

Robert holte Atem, gab seiner Stimme Bedeutung, fragte: »Wie lange kennen wir uns jetzt?«

»Vier Monate«, sagte Hannelore langsam.

Robert lachte. »Und was für Monate!«

Auch Hannelore lachte. »Ja, sie waren sehr intensiv.«

»Und sie waren geeignet, eine Erfahrung zu machen,

nämlich daß das Leben bedeutend mehr Spaß macht, wenn darin ein Gefühl eine Rolle spielt.«

»Wußtest du das nicht?« fragte Hannelore leise.

»Ich wußte es nicht«, gab Robert zu, »der Eindruck stellte sich nur langsam ein. Ich wachte morgens ganz anders auf, ich war besser gelaunt, bewegte mich ganz anders auf meinen Füßen, von Tag zu Tag geriet ich mehr ins –«, er lachte, »– ich übertreibe nicht – ins Schweben. Ich begann«, er zögerte vor dem Wort, als wolle er mit der kleinen Pause andeuten, daß er sich eben dieses Wort lange überlegt hatte, »ich begann lieber zu leben.«

»Lieber zu leben?«

»Kannst du dir darunter nichts vorstellen?« fragte Robert eifrig.

»Doch, doch«, murmelte das Mädchen.

In diesem Augenblick hörte man eine Stimme, sie kam ganz schwach von außen, war kaum hörbar.

»Ist da jemand im Garten?« fragte Hannelore.

»Ja, die alte Dame, sie sucht ihren Hund.«

»In deinem Garten?«

»Sie glaubt, daß er hier hereingelaufen ist. Du hast das Gartentor offengelassen.«

»Du lebst also lieber …«, nahm Hannelore den Faden wieder auf.

»Ja.« Robert nickte kräftig. »Seit vier Monaten, seit ich dich kenne, lebe ich lieber. Und frage mich«, er lachte, sah sie intensiv an, »warum nicht das ganze Leben lieber leben.«

Sie lachte auch. »Eine sehr gute Frage.«

In diesem Augenblick klingelte es wieder.

»Ziemlicher Betrieb bei dir«, sagte Hannelore.

Robert ging an die Haustür, öffnete sie.

Die alte Dame stand dort, war ein wenig verwirrt. »Bitte, verzeihen Sie.«

»Haben Sie Ihren Hund gefunden?«

»Nein«, sagte die alte Dame, »ich habe ihn nicht gefunden, obwohl ich vermute, daß er sich in Ihrem Garten befindet. Es ist dort nur sehr dunkel, und ich wollte fragen, ob Sie mir eine Taschenlampe leihen könnten.«

»Eine Taschenlampe«, wunderte sich Robert, »um einen Hund zu suchen?«

»Es ist einfach zu dunkel draußen.«

»Wissen Sie was?« sagte Robert herzlich. »Ich mache Ihnen draußen mal Licht an. Ich habe nämlich Licht im Garten.«

»Wenn Sie das tun wollen«, sagte die alte Dame, »vielen Dank.«

»Keine Ursache«, sagte Robert und schaltete das Gartenlicht ein. »Was für ein Hund ist es denn? Ein kleiner, ein großer?«

»Ein alter«, sagte sie ruhig.

Robert ging zurück ins Wohnzimmer, zurück in den Kerzenschimmer, zurück zu Hannelore, die im Kerzenlicht noch schöner wirkte.

»Die alte Dame war es noch mal. Sie wollte eine Taschenlampe haben, ich habe ihr Licht gemacht.«

»Kann sie nicht warten, bis der Hund von selber nach Hause kommt?«

»Offenbar nicht«, sagte Robert heiter.

Dann fragte er besorgt: »Ich hoffe, du bist nicht aus der

Stimmung gekommen. Ich glaube, wir waren gerade gut in Schwung.«

Ruhig sagte sie: »Du warst es.«

Er lachte. »Ich bin den ganzen Tag schon irre gut gelaunt, in Erwartung dieses Abends, an dem ich dir etwas sagen wollte, und zwar, daß mein Gefühl zu dir das zulässige Maß weit überschritten hat.«

Sie lachte. »Was ist denn das zulässige Maß?«

»Zulässig ist alles, was – normal ist und die Normalität nicht durcheinanderbringt.«

Sie sah ihn aufmerksam an. »Deine Normalität ist also durcheinandergebracht?«

»Viel schlimmer«, Robert lachte, »sie ist völlig außer Kraft gesetzt. Ich sehe mich in einer Zwangslage, in der angenehmsten, die es gibt.«

Robert sah zum Garten hin, der nun beleuchtet war. Er unterbrach sich, murmelte: »Hoffentlich findet sie bald ihren Hund.«

»Laß sie doch suchen«, meinte Hannelore.

»Na ja«, sagte Robert, »im Garten gibt es ein paar Stufen, es geht da ein bißchen bergab, ich meine nur, daß sie sich nicht die Beine bricht. Die alte Dame wirkte ziemlich klapprig.«

Er ging ans Fenster, öffnete es.

»Hallo, wo sind Sie?« rief er hinunter.

Die alte Dame kam unter einem Gebüsch hervor.

»Haben Sie Ihren Hund?«

»Nein«, rief die alte Dame mit der kleinen Stimme, »aber hier ist ein Loch im Zaun. Könnte er nicht ins Nachbargrundstück gelaufen sein?«

»Das kann natürlich sein.«

»Könnte man mal den Nachbarn fragen?«

»Moment mal«, sagte Robert, wandte sich ins Zimmer zurück. »Ich habe da ein Loch im Zaun«, erklärte er, »der Hund könnte hinübergelaufen sein ins Nachbargrundstück. Sie fragt, ob ich mal mit dem Nachbarn sprechen kann.«

»Dann tu's«, sagte Hannelore lakonisch.

Er lächelte schwach, hob die Schultern. »Sie wirkt selber wie ein kleiner Hund, da unten im Gebüsch. Wartest du mal? Wir haben ja eine Menge Zeit.«

»Das ist richtig«, sagte Hannelore.

Robert ging hinunter in den Garten, wo die alte Dame verloren stand.

»Wie heißt denn der Hund?« fragte Robert.

»Benno.«

»Soll ich mal rufen?« Er korrigierte sich: »Aber meine Stimme wird ihm nichts sagen.«

»Meine auch nicht«, murmelte die alte Dame, »er kann nicht mehr hören.«

»Ah so«, sagte Robert, »aber sehen wird er doch können.«

»Nicht mehr gut.« Sie sagte ernsthaft: »Er ist ein alter Hund, aber er ist das einzige, was ich besitze.«

»Na ja«, meinte Robert, »hier ist er jedenfalls nicht. Kommen Sie erst mal ins Haus. Sie sind ja ganz erschöpft.« Robert brachte die alte Dame, die sich zunächst ein wenig gesträubt hatte, ins Zimmer.

Hannelore stand ruhig, aufmerksam. Es war ein großer Gegensatz zwischen der jungen, schönen Frau und der sehr alten, die ein wenig klein und niedergedrückt wirkte, ganz ohne Farbe war.

»Sie findet ihren Hund nicht«, sagte Robert zu Hannelore und wandte sich an die alte Dame: »Sie leben allein?«

»Ja.«

»Hier irgendwo in der Nähe?«

»Nicht weit von hier.«

»Wollen Sie etwas trinken? Darf ich Ihnen ein Glas Champagner anbieten?«

»Nein, nein«, erwiderte die alte Dame fast ein wenig erschrocken.

»Aber das tut Ihnen gut«, sagte Robert eifrig, holte ein Glas, schenkte ein: »Wie lange laufen Sie denn schon so herum?«

»Eine halbe Stunde.«

Robert lachte. »Hinter einem Hund her, der nicht mehr richtig hören und sehen kann. Wie alt ist er denn?«

»Sechzehn Jahre.«

Robert blickte Hannelore an. »Sie sagt, er ist das einzige, was sie hat, dieser Hund.«

Er reichte ihr das Glas. »Trinken Sie erst mal.«

Die alte Dame mochte nicht ablehnen, nahm einen Schluck und sagte: »Sie sind sehr liebenswürdig.«

»So«, erklärte Robert mit fester Stimme, »und jetzt gehen wir beide mal los und sehen, wo sich der Ausreißer versteckt hat.«

Er wandte sich an Hannelore: »Du hast nichts dagegen?«

»Nein, nein«, sagte sie.

»Ein paar Minuten.« Er lachte. »Weit kann er ja nicht gekommen sein. Ich nehme an, richtig laufen kann er auch nicht mehr.«

»Nein«, sagte die alte Dame matt.

Robert ging mit ihr auf die Straße hinaus. Sie war ein wenig besorgt. »Die Kerzen, der Sekt – nicht wahr, Sie feiern etwas.«

»Machen Sie sich keine Sorgen«, beschwichtigte Robert, »ich feiere immer irgend etwas.«

»Eine sehr schöne Frau«, sagte die alte Dame.

»Ja, das ist sie.« Robert nickte kräftig. »Aber das Äußere, so angenehm es ist, ist nicht so wichtig. Da muß immer noch etwas hinzukommen.« Er machte eine Pause, sagte dann fest: »Und das hat sie auch.«

»Dann sind Sie ein glücklicher Mensch«, stellte die alte Dame fest.

Sie gingen die Straße entlang, und mit einem aufmerksamen Rundblick sah Robert den Hund.

Er kauerte in einer Tornische, war ganz apathisch. Die alte Dame lief auf ihn zu, beugte sich hinunter, umarmte den Hund, drückte ihn an sich.

Robert eilte zurück ins Haus.

Die Kerzen brannten noch immer, Hannelore stand mit dem Glas in der Hand da, rauchte und hörte ihm zu.

»Wir haben ihn gefunden.« Robert lachte. »Jetzt möchte ich die alte Dame nach Hause fahren. Sie zittert und friert.« Er lachte wieder. »Beide zittern und frieren. Ich habe Angst, daß sich jetzt beide verlaufen. Ich hole nur den Wagen aus der Garage. Sie wohnt ja nicht weit von hier. Gut so?« erkundigte er sich.

»Ja, fahr nur«, sagte die junge Frau.

»Weißt du«, murmelte Robert, als müsse er sich gegen einen Vorwurf wehren, »ich kann nicht anders.«

»Das merke ich«, erwiderte das Mädchen.

Robert holte den Wagen aus der Garage, brachte die alte Dame und ihren Hund nach Hause.

Er kam dann sehr schnell zurück, ging eilig ums Haus in der plötzlichen Furcht, daß sie gegangen sein könnte.

Aber Hannelore war noch da.

Er lachte sie an. »Entschuldige, ich bin wohl nicht zu retten. Renn da mit einer alten Frau durch die Nacht, um einen Hund zu suchen.«

Er sah sie unruhig an.

»Jetzt sind wir raus aus der Stimmung, was?«

»Ich weiß nicht.« Hannelore sah ihn aufmerksam an. »Du sprachst von einer Frage, die du stellen wolltest.«

»Jaja«, murmelte Robert, »eine Frage, die mehr eine Bitte ist.« Er holte Atem. »Ich wollte sagen: Heirate mich.«

Hannelore stand eine ganze Weile, sah ihn nur an. Er wurde immer unruhiger unter ihren Blicken.

Dann sagte sie: »Das hatte ich befürchtet. Und ich wollte dir sagen: Nein, Robert, so weit bin ich noch nicht«, sie machte eine Pause, »aber jetzt … hat sich etwas geändert …«

»Geändert?« fragte Robert.

»Ja, jetzt befinde ich mich in einem besonderen Zustand, der die – wie sagtest du vorhin? – der die Normalität außer Kraft setzt.«

»Deine Normalität«, flüsterte Robert, »außer Kraft setzt? Und wieso jetzt?«

»Denk nicht darüber nach.« Hannelore lächelte. »Aber ich gestehe, daß mein Gefühl zu dir plötzlich, von einer Minute zur anderen, das zulässige Maß überschritten hat.«

Inhalt

Sie haben doch nicht Ihr Lächeln verloren?
9
Der gestohlene Krieg
12
Nach langer Zeit
16
Das gekaufte Mädchen
18
Das Zirkuspferd
22
Die Chauffeure der Minister
26
Die klugen Söhne
30
Jonathan
33
Insterburg
36
Am Himmel weidet ein Kamel
40
Ich habe ein Karussell gekauft
43
Ich streiche mein Haus blau an
48

Das Faß
51
Ein Mann kommt nach Haus
55
Das glückliche Leben
58
Liebesbriefe
65
Nur ein paar alte Leute
67
Nur ein kleines Telefongespräch
70
Malvin sucht eine Frau
73
Dreimal auf die Probe gestellt
81
Ein erstklassiges Mietshaus
84
Ein eigenartiger Liebhaber
87
Ich möchte Ihnen nur einen Rat geben …
95
Der fremde Weihnachtsmann
99
Ein fabelhafter Junge
104
Vater schreibt einen Aufsatz
112
Grausamkeit
121

Dienstreise eines Fünfzig-Mark-Scheins
123
Vier Wände braucht der Mensch
127
Yünnan und die drei Papageien
135
Zweierlei Augen
138
Kein Feigling, der Herr Schreiber
142
Der Scherz und seine tiefere Bedeutung
150
Hattest du eine gute Fahrt?
154
Zahlen Sie ein andermal
161
Ein unheimlicher Fahrgast
164
Eine Band geht aufs Land
172
Was treibt da eigentlich meine Frau?
180
Zuviel Geld
188
Kettenreaktion
192
Der Trostzusprecher
195
Die Normalität außer Kraft gesetzt
203

Evelyn Sanders
Eigentlich wollt ich Blumen kaufen

Mit Illustrationen von Andrea Dölling

Pannen im Urlaub und späte Liebe zwischen Nachbarn, Äpfelklau im Reihenhausgarten oder ein Klassentreffen in seltsamer Besetzung …

Evelyn Sanders, bekannt und beliebt als Autorin von zahlreichen erfolgreichen Familienromanen, präsentiert ihren ersten Geschichtenband – mit liebevollem Humor und viel Freude an unglaublichen Alltagssituationen.

Ein ganzer Strauß Geschichten dreht sich hier ums Schenken: zum Geburtstag, zu Weihnachten und überhaupt. Hat nicht jeder schon mal vergessen, Blumen für die abendliche Einladung zu besorgen? Der Dame in Evelyn Sanders' Geschichte geht es ebenso – doch stattdessen kehrt sie heim mit …

… aber nein, das soll eine Überraschung sein, genau wie dieses Buch!

Schneekluth.

Jean-Louis Fournier

Er hat nie jemanden umgebracht: mein Papa

66 Beweise

Der Vater des Autors war Landarzt im nordfranzösischen Arras, bis er im Alter von 43 Jahren starb. Stolz hat er immer von sich behauptet, er habe nie einen Menschen umgebracht. 66 Beweise dafür hat sein Sohn in diesem Buch zusammengetragen: Scharfe Kinderblicke auf eine unheile Erwachsenenwelt und ein zärtliches Denkmal für einen außergewöhnlichen Vater.

Schneekluth.